文芸社セレクション

バッカスの導き

藤村 邦

FUJIMURA Kuni

JN126980

文芸社

目次

第一章　新宿犬

新宿駅西口から青梅街道に向かって小田急ビル前を歩いていると、アニマルセラピー団体の人達が二匹の大型犬を連れて募金を募っていた。ここを歩く度に犬種が違っている。今日は茶毛で耳の垂れたゴールデンレトリバーと白黒の毛のボーダーコリーである。

私はしゃがんで、いつものように犬達の喉もとを撫でた。二匹は尻尾を振る。ゴールデンレトリバーが私の顔に身体をすり寄せてきたので頭を撫でてあげる。私は立ち上がり、ダークブラウンの髪を後ろでまとめて秋田犬の写真プリントのTシャツを着た若い女性の持つ募金箱に百円をいれた。「いつも、ありがとうございます」と女性は笑顔で答えた。

ユニクロの角を曲がると、東口へ抜ける地下通路があり、手前に小さなペットショップとTシャツ屋が並んでいる。東口から歌舞伎町のメンタルクリニックに行こうと歩いていると、ペットショップの方から若い女の歓声が聞こえてきた。

「わあ、かわいい」「わー、みてー」という、歓喜の声があまりにも大きかったので、振り返ると、スーツケースを持った女性と連れの男性がショップ前にある犬猫の入ったガラスケースを見ていた。この辺りを歩く時にたまに立ち寄る店だが、特に気持ちを惹かれる犬猫がいたことはない。ただ、売れ残った彼らの行く末だけはいつも気になっていた。売れない犬猫は殺処分されるらしいというのを聞いたことがあるからだ。

　ペットショップの前にはガラスケースが六つ並び、それぞれのケースには子犬や子猫が一匹ずつ入っている。カップルが騒いでいる相手は、上段ケースに入った子猫達だった。しかし私の視線は猫達ではなく、一番右端の下のケースにいる黒いパグに引き寄せられた。成犬のようでケースが窮屈そうになる程、大きく育っている。大手のペットショップで売れ残った成犬だと思った。

　潰れた鼻と愛くるしい瞳のパグに懐かしさが蘇り、カップルの脇に座りこんで「ロンじゃないか！」と思わず大きな声を出した。中年男の奇妙な行動を怪訝に思ったのであろう。カップルは逃げるように去っていった。


　妻が亡くなり娘と私だけになった家は淋しかったので、福島で保護された被災犬のパグを引き取り「ロン」と名付け飼うことにした。ロンは二年前に死んだが、パグは、そのロンにそっくりだった。一人娘は出ていったまま音信不通となり、私とロンだけが家に残った。

　一人と一匹だけになった厚木の家族用マンションを売り払い、ロンを連れて新宿の犬が飼えるワンルームに引っ越したのが五年前である。後輩の田中剛《たなかたけし》が院長をやっている歌舞伎町のメンタルクリニックに週三日だけ勤務し、後は昼から飲むというアル中のような生活を送っていた。

妻子を失った喪失感やふしだらな生活の影響が出たのか、新宿に引っ越して一年後、私は大腸がんの肝転移と診断された。投げやりになっていた生活だったので大した衝撃もなかったが、気がかりなのはロンだ。自分が死んだ後のロンの引き取り手をネットで探すなどして人生の終焉だけを考える日々が続いたが、気を紛らわすために仕事はしていた。田中の紹介で、同門の外科医がいる都内の病院で受けた手術と抗がん剤治療が功を奏し、私の体調は次第に回復した。ところが私の回復とは裏腹にロンは寝てばかりになったのである。

新宿の獣医に連れて行くと、ロンの身体には、原発巣がわからない転移性肺がんが広がっていることがわかった。そして六ヶ月後にロンは死んだ。ロンが亡くなった翌週が私のがんの検査日であったが、医師達の予想に反して私のがん病巣は全て消えていた。ロンが身代わりになってくれたのだ。世話になった獣医に自分の体験を告げると「そういう身代わり話は、結構あるんですよ」と答えが返ってきた。

ロンの記憶が蘇ってきたのと同時に、津波のような勢いで激しい情動が運ばれてきた。胸の鼓動が速くなり、冷や汗が出てきて吐き気が始まったので、あわててショップを出た。

持病のパニック発作である。ジャケットの内ポケットに入れてある安定剤を取り出して口に放り込む。線路通り脇のゴミ置き場のコンクリート壁にもたれて呼吸を整えていると、二十分くらいで発作は鎮静した。発作は収まったものの、今度は激しい孤独感が湧き上がってきた。ロンが見ていたと思われる津波で全てが流され残骸だけが残った荒涼とした東北沿岸の風景が目に浮かぶ。

ロンが亡くなってからパニック発作の回数は増えていた。私の無意識にあるサバイバー・ギルトが発作を誘発していることはわかっていた。それは、ロンへのギルト、被災者へのギルト、死んだ妻へのギルト、幼い頃に死んだ母へのギルトであった。無意識の罪悪感が発作は引き起こしていることを知的には理解していたが、コントロールは出来ない。

職場に行こうと地下トンネルを歩き出したものの、後ろ髪を引かれるような気持ちがわきペットショップに戻り再び座りこんだ。そして、パグの入ったケースに両手を押しつけ「必ず誰かに買ってもらうんだよ、長生きするんだよ」と言った。

仕事に行く気はすっかりなくなっていた。

「体調が悪いので仕事を休むよ」と院長の田中に電話をかける。

「またかよ」と言っている田中の顔が浮かぶ。

がんサバイバーであることを言い訳にして、昼間から新宿で飲んだくれてる自分もまた、サバイバー・ギルトに突き動かされているのであった。

私はいつも行く思い出横丁に入った。

赤い提灯が下がり、モツ煮の鍋や焼き鳥の炭火が店頭に並び、前を歩いてくる相手とすれ違う度に、互いの肩が触れ合うような細い路地だが昭和の風情が残っていて、それが私の気分を癒やしてくれるのだ。外にまで行列が出来ている人気の「つるかめ食堂」、テレビによく特集される「かぶと」を通り過ぎ、一回だけ娘を連れてきたＢａｒアルバトラスの前を通り、馴染みの店である「岐阜屋」に入った。

　岐阜屋は基本的には中華の店だが、昼から酎ハイやビールを飲んでいる一人者が多い。まだ午後二時だというのに店内は客で溢れていた。

　店長の信《しん》ちゃんは私の顔を見るなり、カウンターの空いた席を指さして「ここだよ」と手招きしている。私は客の後ろの壁とカウンターに挟まれた狭い通路を通りながら「すみません、すみません」と言いながら奥の席に座った。「はいよ」と何も言わないのに、酎ハイがカウンターの付け台に置かれた。少し大きめのグラスに氷と檸檬の輪切りが一切れ入っている、岐阜屋の酎ハイは配合が秀逸だと、飲む度に思う。一口飲んだところで、信ちゃんが「木耳卵でいんだろ」と言った。「そうだね」と私は答え、酎ハイを、もう一口、ゆっくりと飲む。信ちゃんは常連客の食べるものを全て覚えている。

　この店に来るようになって二十年以上がたった。

　最初に来たのがいつで、誰と来たのかも思い出せない。しかし、ここはあの頃と変わらない。黄色い札に黒字で書かれたメニュー、むき出しでさび付いた天井の鉄骨、コの字の形のカウンターの前には量販店に売っている安い丸椅子が並ぶ。

　数年前から外国人の観光ルートになったので、他の店は英語のメニューを置いたりしているが、信ちゃんは「日本人だけくればよい」と考えていて、メニューは日本語だけだった。それでも、こうした店長の頑固さと、丸坊主にちょび髭の笑顔の写真が旅行案内で紹介されると、「カタヤキソボ」なんて日本語で注文する外国人は増えた。

私は、ぼんやりと信ちゃんの鍋さばきを見ている。

中華鍋に大量の木耳が投げ入れられると炎があがる。大きな中華鍋を左手でゆさゆさと動かしながら、右手で持った大きな中華用のお玉を使い、塩や砂糖などが入っている容器から目分量と直感で手際よくとりわけて、中華鍋にいれる。そして木耳と卵が宙に舞うように大きな鍋を振りながらお玉で混ぜ合わせる。完成した料理をお玉で皿に盛って「はいよ」と目の前のカウンターに置く。

厨房を挟んだ向こう側のカウンターには、以前ここで飲んだ中原中也好きのカメラマンがいた。コソボ取材の時に解放軍の銃撃で死にかけた話をしてもらったことがある。彼が微笑んだので、私は酎ハイを持ちあげて乾杯というポーズをとって会釈した。

がん治療後二年目の時に主治医が「多少の酒は飲んでも大丈夫です」と言ったことを全面解禁だと勝手に自己解釈すると、以前のように毎日飲む生活に戻ってしまった。

今日も飲みながら、「好きな酒で死ねれば本望だ」と言い訳している自分がいる。

隣に座っていた二人の老人が席を立った。

信ちゃんは外で待っている女性と子どもに「愛《あい》さん、ほら、ここが空いたよ」と声をかけた。「愛さん」と呼ばれた三十代くらいの女性は割と品が良い感じで、髪の毛を綺麗にカールしていて紺色のワンピースを着ている。何度か派手な水商売風の女性と一緒に来ているのを見かけたことがある。一緒にいる子どもは青いシャツに半ズボンで、素足にサンダルだ。私は二人が座りやすいように椅子を少しずらしてあげた。

「どうぞ、どうぞ」

「あ、すみません」

椅子を引くために女性が前かがみになった時、白い胸の谷間とシルバーのネックレスが目に入ってきた。女性が隣に座り、子どもは彼女と私の間に座った。

「コーちゃんは何年になった」と信ちゃんが子どもに声をかける。

「二年」

「ラーメンだな」

「うん」

「お母さんは何にするかい」

「仕事前だけど、ビール飲んじゃお」

少年は醤油ラーメンを食べ始め、母親はビールを手酌で飲みはじめた。夕方から歌舞伎町辺りで仕事が入っているシングルマザーとその息子だと察しがついた。

「コーちゃん」という息子の名前は、幼い時に私が呼ばれていた名と同じだった。私の名は高村幸介《たかむらこうすけ》だから「コーちゃん」と母も友達も言っていた。

母は編み物工場に勤務していたが、私には父はいなかった。

酔いが回ってきたのだろう。

空しく淋しい気持ちが消え気分も良くなってきたので、親子に「一緒に餃子をたべませんか」と言った。

「え？」

「一人じゃ全部、食べられないんですよ」

「いんですか？」

信ちゃんは笑みを浮かべて「じゃあ焼くよ」といって生餃子を餃子鍋に並べ始める。五分くらいして「はいよ」と餃子が出てきた。

一つだけ食べると、コーちゃんは残り四つを食べた。

「おかあさん、今夜もいないの？」

「帰るのは朝だからね。今日は新宿のおじさんの家に泊まって、明日必ず学校にいきなさいよ」

「うん」とコーちゃんは答えたが、その声は元気がなく小さかった。

「店長、おあいそして。ほら、コーちゃん行くわよ。おじさんにもお礼いいなさい」と言って母親は千円札を出した。

「ありがとうございました」とコーちゃんは、礼儀正しく私に頭を下げる。

「お、えらいねー」

「今度、私がおごりますね」と言い、母親は私に温かい笑みを残して店を出て行った。

懐かしい気持ちが蘇った。もう忘れていた情愛や温もりのような気持ちだ。それは幼い頃に母に感じていた気持ちのようであった。

「あの人には子どもがいたんだね」

「ああ、時々、連れてくるんだよ」

「父親はいないんだろう」

「いるよ、俺だよ」

信ちゃんは笑って自分を指さす。見え透いた嘘だ。

酔いが深くなってくると、幼い私、母親と飼っていた犬の姿が心に立ち上がってきた。信ちゃんの中華鍋の素材のように私の記憶と想念は混ざりあい、郷愁の塊になって運ばれてきた。

コーちゃんくらいの年齢の時の出来事だ。

母と住んでいたアパートのドアの前に段ボールに入った子犬が捨てられていた。生まれて数日の子犬を誰かが置いていったのであろう。私と母は段ボールごと子犬を家に入れてあげて台所の片隅において飼うことにした。ポチと名付け、牛乳をあげて箱の中で飼った。学校が終わると一目散に家に帰ってポチを覗いた。くんくんといいながら小さなポチが段ボールの中で座っている。

母は私が寝ている間に、段ボールの下に敷いたタオルを取り替えてくれた。犬が大便も小便もすることを私はポチで知った。ポチの後ろ左足が動かないのに気づいたのは一週間くらいたってからだ。もともと動かなかったのか、病気か事故で動かなくなったのかわからない。家に来て一週間くらいからポチの具合が悪くなり、牛乳を飲まなくなったのでポチが家にきて二週間目の日曜日に母は自分が通っている美容院にポチを連れていった。行きつけの美容師の旦那さんが獣医であり、こっそりと母屋で犬猫を診てくれるのだ。牛豚が専門で、今のようなアニマルドクターではない。

獣医に診てもらった翌日、私が学校から急いで家に戻るとポチは目をつぶって寝ていた。朝に私が置いていった皿の牛乳は少しも減っていなかった。獣医さんに通って三日目、先生は「今夜は静かで暗いところに置いてあげなさい」と言った。

その晩、母は「コーちゃん、今日はこっちにきて寝な」と言った。私は久しぶりに母に添い寝をしてもらった。

朝起きると母が台所で料理をしている。

段ボールを覗くとポチがいなかった。

「ポチは？」と母に尋ねると「先生が入院させると言って、朝早く連れていったの」と言った。

「いつ帰るの？」

「良くなったら帰ってくるわよ」

いつになってもポチは帰ってこなかった。

「Is here OK?」「Is here OK?」という英語での二度の声かけで我に返った。腕にタトゥーをした白人男性と連れの女性が立っていた。「Sorry Please」と、あわてて答え、彼らが座れるように椅子をずらした。

「どうしたんだい、ボーッとして？　また小説ネタでも考えていたんか」

「信ちゃんは犬を飼ったことあるか」

「喰ったことはあるよ」

「美味いのか」

「美味かないね」

「もう一杯飲むわ」

私は酎ハイグラスを差し出した。

第二章　アードベッグ

「お父さん！　医学部に合格したよ」

玄関のドアが開くと同時に、娘の高揚した声が聞こえてきた。娘はショルダーバッグを玄関に放り、リビングに入ってきて妻の沙織《さおり》のもとに駆け寄った。

「よかったねえ」と沙織は娘を抱きしめる。

「じゃあ、今日はお祝いしましょうね」

沙織は微笑みながら、父親からもらったという高級赤ワインをワインオープナーで開けグラスに注ぐ。甘い芳香のするワインを私は一口飲む。

飲んだ途端、猛烈な不快感が私を襲った。

赤い液体はワインではなく「血」であった。生臭い鉄分の匂いが喉の奥から鼻に抜けていく。下を向いて、口の中に指をつっこみながら何度も吐く。吐く度に赤い血液が床に吐き散らかりリビングの床は赤色に変わっていく。

「センセイ、もう起きなよ」

信ちゃんの声で目が覚めた。私は岐阜屋のカウンターに突っ伏していた頭を持ち上げた。

まだ店の外は明るかった。腕時計は三時を指している。付け台に置かれたままのもつ煮はコンビニに並ぶレトルト食品のように冷めていた。グラスに入った檸檬の輪切りは五枚だ。昼から飲み始めていたが、酎ハイ五杯目で寝てしまったようだ。飲み始めた時は数人だったコの字型のカウンターは満席になっている。外には席が空くのを待っている外国人客が三人いた。後ろを壁にした狭い席に座っている私が場所をとっているので通ることが出来ず、奥の席が使えないのだ。私が椅子を前に引き、背筋を伸ばすと三人の外国人は「Thank you」といって奥の席に座った。

「嫌な夢をみたよ」

「ここで寝るからだよ」と、信ちゃんはそっけない。

「じゃ、おかわり」

氷の溶けているグラスを信ちゃんに渡す。

「アル中なんだから、精神科医に診てもらったらどうだい」

目の前に酎ハイを置く信ちゃんの目は笑っていない。この店にすっかり甘えている自分はわかっている。

「朝から飲んでないからアル中じゃねえよ」

六杯目の酎ハイは一口しか飲めなかった。

「帰るわ、おあいそして」

「明日は休肝日だから来るなよ」

「どちらが医者かわからねえな」

そう言って丸椅子から立ち上がったものの、足元がふらついたので、カウンターに座る客の肩に手をつきながら壁際を歩いて岐阜屋の外に出た。

思い出横町を出て大ガードの交差点に立つ。新宿の秋の眩しい日差しが私の目に刺さってくる。ネオンの光に夜の酔いは溶け込むのだが、秋の陽光に昼の酔いは跳ね返されていた。歩行者信号が青に変わると、歌舞伎町から帰る人と行く人が交叉して青梅街道の路上は人で溢れる。人混みの中をヨタヨタして歩いていると、反対から歩いてきた若い女の肩に身体が当たった。「おっさん、気をつけろよ」とサングラスをかけた男が言った。

私のワンルームマンションは大ガードの北側、思い出横丁から大久保方面に歩いて五分の場所にある。一階はパチンコ店で二階は居酒屋である。こんな場所に住む住人はわずかしかいない。ロビーの郵便受けのネームプレートはレンタルルームや怪しい会社ばかりであった。

エレベーターで十二階に上がる。隣に住んでいる水商売風の女と金持ちそうな高齢男性と通路ですれ違った。何回もすれ違っているが互いに無視している。私はズボンのポケットからカギを取り出しドアの鍵穴に差し込む。この鍵穴には二、三回入れ直さないとドアノブが動かない。酔った私は鍵をさしたままドアノブを前後にガタガタと揺らし「今日の運命はいかに」と呟きながら回すとドアノブは一度で動いた。

ドアの向こうにはベッドと机と冷蔵庫しかない殺風景な１ＤＫが現れた。窓際に吊した鳥籠の文鳥が「チチ、チチ」と鳴いている。最初はつがいで飼ったが、雌は一ヶ月で亡くなった。「ピコ」と名前をつけた文鳥に私は餌をあげる。そして、冷蔵庫からハイボール缶を取り出してゴクリと飲む。ピコだけが私の家族だ。

歌舞伎町ビルにあるメンタルクリニックに勤務するようになって三年が経った。週の三日間、月水金だけ勤めている。金を稼ぐための家族もいないし、趣味といえば酒だけの男に、歌舞伎町のメンタルクリニックはうってつけの場所だ。勤務のある日は午前十時から午後五時まで診療をする。場所柄、うつ病になった外国人やパニック障害のホステスなど毛色の変わった患者が多い。私はそうした人の話に耳を傾け、そこにある人生ストーリーを聞き、共感したりするのだが、それは患者のためというよりも自分のためでもあった。

自分の過去を彼らに重ね、そして自分で自分を癒している。

休みの日は思い出横丁か歌舞伎町で昼から夜まで飲んでいる。新宿の喧騒とネオンが、過去の後悔と孤独な気持ちを消してくれた。そんな体たらくの私の雇い先があったのは、大学勤務時代に「高村幸介」の名前がマスコミで売れたからだ。当時はストレスに関する一般書を沢山書いたので、後輩の田中が「クリニックの看板になるはずだ」と思って私を雇ったのである。

岐阜屋で飲んだ翌日、メンタルクリニックに出勤すると、私に酒臭さを感じたのか、田中は少し強い語調で「高村先生、診療前に飲むのはやめてください」と言った。「診療日は夜も飲まねえんだよ」と言い返したが、それは嘘だった。診療日の夜は浴びる程飲んでいる。今日は朝から飲んでないが、昨夜の酒が残っていたのだ。

「田中、今日は初診が三人もいるじゃねえか」

「先生の名前をサイトでみて予約した人です。高村先生、初診の後も再診させてくださいよ。一回で終わられたら収益になりません。他院に紹介されたら困るんですよ」

「経歴や名前につられて来るような奴は、俺は診たくないんだよ」といいかげんなことを言う。二日酔いで、その日はまったく診療意欲がなかった。

　田中はアイロンをかけた白衣を着ていて角刈りで大柄な体格である。高校、大学とラグビー部に属し、今も新宿のラグビーサークルに入っているのでプロレスラーのように腕は太く胸は厚い。白衣だけが彼を医者だと認知させる。以前に白衣を脱いで薬物中毒の患者の胸ぐらをつかみ「お前、またやったのか、警察を呼んで強制入院させるから座ってろ！」と威嚇するのを見たことがあるが、それは臨床指導というよりもヤクザの恫喝であった。

「先生、コーヒーでも飲んで目を覚ましてくださいよ」

　大柄な田中がスヌーピーのイラストの入った小さなマグカップのコーヒーを持っているのが滑稽に見える。私は白衣を着ない。ジャケットで診察しているが、一ヶ月同じものを着ている。

　田中の表情が厳しくなり、話し始める。

「先生、先日の患者ですが、彼女、岩野《いわの》教授の紹介で来たんですよ、何で他院に紹介するんですか」

「認知行動療法は原野《はらの》先生のがうまいんだよ」

「精神分析療法をお願いするという紹介だったんですよ」

「え？　そうだったのか、紹介状があったのか？」

「ちゃんと紹介状を読んでくださいよ」

「また、ここに戻ってくるんじゃねえか」

「原野先生にも失礼じゃないですか、それと、そろそろジャケット替えてください、臭いますから」

今日の田中はキツかった。

電子カルテに並ぶ患者名簿を見る。今日は初診三人に再診一人だけだ。

——二日酔いでもなんとかなる。

最初の患者はパキスタン人であった。小柄で褐色の肌に拾ってきたような黒い大きなトレーナーを着ている。風呂に入っていないせいか、少々臭う。彼らの臭いは日本のホームレスの臭いとは違う。彼は英語と日本語と混ぜて「死にたくなった、ボスがうつ病だと言った」と話しはじめた。

モハメド・ターンという五十歳の男の経歴は、来日し結婚して永住ビザを取得、中古車輸出業をやっていたがバブルがはじけて倒産、そして日本人妻と息子は彼の元を去ったという、よくある話であった。今は歌舞伎町のパキスタン料理屋で働いており、日本人オーナーがうつ病ではないかと心配し、ここを紹介したのだという。彼はパキスタンのマクラーンで生まれた。

　生まれ故郷に家族はいない。

「How about your parents?」

「They were killed」

「Why?」

「Civil war」

　十歳の時の内戦で、自分の目の前で両親が政府軍に殺害された体験を語る。その後、苦学して英語と日本語を学び来日し、中古車輸出業を起業したのだという。支店を持つ程儲かった時期もあったが、順調だったのは三年だけだ。故郷には弟がいたが、その弟が死亡したと二ヶ月前に連絡を受けた。金もなく故郷に戻れず、悲嘆にくれて、うつ状態になったのである。

　彼の人生にひきこまれていく。次第に私は友人のような気持ちになっていく。

「Your life is very sad」

「I would like to go back my home town」と語り涙を流しはじめた。

　私は彼を自分の横に座らせた。このクリニックの診療パソコンにはネットが繋がっている。グーグルを使って彼の故郷を探す。彼の故郷はバルチスタン解放戦線の紛争で一万八千人の犠牲者を出したところであった。私は彼と二人で故郷を歩くことを思いついた。

「Let's walk in your hometown with me」と言って、グーグルアースのストリート

ビューを開いてみる。しかし、パキスタンの紛争地域がストリートビューで映るはずはなかった。地図だけみながら私達は日本語と英語を交えて話し続けた。

「人が大勢死んだよ」

「I see」

彼は涙を流しは始めていた。子どものように泣き続ける異国人の人生をあれこれと思い描く。家に押し入ってくる敵、銃殺される両親、脅えて震えている兄と弟。

ピンポンと六十分を終える警告音が鳴った。

「うるせえなあ」と思わず声が出た。

「Finish」

診療時間は終わった。彼はハグしてくれと言ってきた。

彼の体からは懐かしい干し草のような匂いがした。田中に言われたことを思い出し一週間後に再診予約を入れた。

患者と話し込むと直ぐに一時間は経ってしまう。一時間以上話すとメンタルクリニックの収益にならない。五分診療の精神科医が増えた今、こんなタイマーを付けられているのは私くらいだと思う。

診察室を出て齋藤《さいとう》さんが座る医療事務室に行った。

「精神療法点数は三十分未満でいいよ」

「ダメです、院長に怒られます」

保険点数は六分以上三十分未満、三十分以上、六十分以上というように点数が上がる。自費支払いも長さに応じて変化する。雑談してグーグルマップで外国旅行をしてるだけなのだから安くてよいのだ。

齋藤さんは三十代のシングルマザーである。新宿病院の前院長の愛人だと田中は言っているが定かではない。紺色のタイトスカートから出たすらっとした足に色気を感じた私は、二日酔いにまかせて「齋藤さんならさ、もっと稼げる場所が歌舞伎町にあるんじゃない」と言う。

「ありがとう。でも私がいなくなったら、困るのは先生じゃないのかなあ」と笑う彼女の受け答えは一流だと思い、「銀座の方が似合うかもね」と言おうとした時に電話が鳴った。

「はい、少しお待ちください、はい、院長に変わります」

齋藤さんは椅子を立ち田中を呼びにいった。

大柄な田中がドタドタとやってきた。電話口で「ああ、そうだったんですか。高村先生は今日いらしてますから、伝えておきます。本当に残念です」と言っている。

田中の顔はこわばっていた。

「片桐《かたぎり》先生が亡くなったそうです」

胸が一瞬痛くなった。そして動悸が始まった。

「発作が起きそうだ、ちょっと待て」

ポケットにいれている安定剤を口に放り込む。

「不安発作ですか」と田中は言う。

「しょうがねえだろ」

胸の動悸はなかなか収まらない。

「自殺だそうです」

――発作をあおるようなことを言うな、もっと修行しろ。

実際、自殺と言う言葉が、今度は激しい嘔気と便意を私に運んできた。

「だめだ、トイレに行ってくる」

二回吐いて、下痢で酒毒を流しだしたら少し冷静になった。片桐は私の三つ後輩で亡くなった沙織の従兄弟である。片桐は厚木で開業していたはずだ。片桐は私から精神療法を学び、今では珍しく精神分析をやっている精神科医だった。片桐の柔和な笑顔が心に浮かんだ。妻が亡くなった後から全く会っていなかったが、片桐のことは時折思い出すことがあった。若い頃から弟のような心持ちで接していたことも心の一片に存在していた理由である。

あの片桐が自殺したとは信じられない。

精神科医も自殺する。有名な大学教授や病院長も過去には自殺していた。精神分析を学び自身の無意識まで知っている片桐の自殺は私には了解出来なかった。自殺者の多くは未治療のうつ病だが、片桐であれば自分のうつ症状は早くからわかるはずだ。

「うつ病だったのか」

「末期がんだったみたいですよ」

「そうだったのか」

「厚木で葬儀があるようです」

末期がんの悲愴な状況を知る片桐が自死を選択した理由は理解できた。それよりも「厚木」という言葉の方が私の心を刺激した。

研修医だった私は、看護師だった沙織と結婚し一年後に娘の雪菜《ゆきな》が生まれた。雪菜が小学校に入学した時に厚木に3LDKのマンションを買った。大学病院勤務中に私の職位は准教授まで上がり、妻は近くの眼科クリニックで働き始め、娘は小田急沿線にある北相大医学部に入学した。

娘が入学した一年後に妻は再生不良性貧血となった。大学病院で輸血の日々が始まった。勤務先の大学病院だったので、私は講義や診療の間に妻の部屋に行き一緒に過ごした。

妻のベッドの横の点滴棒にぶら下がる赤い輸血パックの向こうは窓で、そこから灰色の厚い雲に覆われた空が見えていた。青空の日もあったのだろうが、心に残っているのは灰色の暗い空だけだ。

最期の日は、厚木には珍しく冷たい雪が降っていた。

私はいつものように病室のソファに座り、輸血パックの向こう見える灰色の空を見上げていた。血圧低下を告げる警告音が鳴ると医師達の出入りが激しくなる。妻の容態が急変した。血液疾患は死の直前まで意識があることは知っていたから、来たかと私は思った。

雪菜は大学を早退してやってきた。命の蝋燭の炎は強弱を繰り返し、覚醒と昏睡が不定期にやってくる。覚醒した沙織は、夫と娘の心に置いていくように思い出を語った。

窓の外の雪を見て「雪が降った日に生まれたからあなたに雪菜って名づけたのよ」と娘に言う。

「そうだよ、雪の中でも育つような強い娘になってほしくて、二人でつけたんだよな」

「お母さん、ありがとう」と娘は涙を流す。

炎が弱くなり沙織は眠りにつく。私と娘は二人で沙織の細い手を強く握ると、また覚醒する。

「あの子はあなたに似て気性の激しいところがあるから、気をつけてあげて」

「雪菜、お父さんのお酒の飲み過ぎには、気をつけてあげてね」

それが最後の言葉であった。沙織は眠りにつき、そして、もう覚醒することはなかった。

妻が逝ってから、慣れない家事を私と娘で一緒にやることになった。一切の家事を妻に任せていた男が、スーパーで食材を買い、ゴミを捨てる。娘は全く料理をしたことがなかったので、朝食と夕食は私が作った。私の目的は医学部に入った娘を医者にすることだけになった。大学四年になると娘は次第に家で食事をすることが減り家に帰ってこない日が増えた。私の酒量が増えたのはその頃からだ。

「田中、今日の午後、暇もらっていいか」

「もちろん、先生を慕っていた片桐先生のところに行ってあげてください」

田中は私が葬儀にいくと完全に勘違いしている。私はかつて住んだ町に行き、妻の墓参りに行こうと思っただけである。妻の墓がある厚木には新宿に引っ越してから七年間一度も行っていない。片桐の自殺を聞いて、珍しく住み慣れた町に行こうという気持ちが心に立ち上がった。この機会を逃すと、墓参りに行かないまま何年経ってしまうかわからない。今夜は厚木のビジネスホテルに泊まり、昔行った店などを散策し、明日の午前に墓参りに行くことにした。

私は文鳥の「ピコ」に餌をあげるために自分のマンションに戻った。冷蔵庫から缶酎ハイと取り出し、机の上に置いた鳥かごのピコを見る。ピコがクビをふってこちらを見ている。

「そんなに飲まないでよ」と言っている。

「今日はいいだろう」とピコに言い訳する。

午後四時、私は新宿駅から本厚木行きのロマンスカーに乗った。ロマンスカーに乗るのは五年ぶりだ。ロマンスカーは都心からの帰宅者で五時過ぎからは満席になるが、四時の車内には空席が目立った。かつては都内への出張に使い、車内でノートパソコンを活用する書斎のようにこの列車を使っていた。しかし、そんなことを連想するだけでも、激しい孤独感が襲ってきた。こうした体験を避けたくて、私は住んだ街を避けていたはずだ。私には、家族の思い出を懐かしい過去として納めることができない。それ程、七年前のあの時、失ったものは大きかった。通り過ぎる駅のホームや遠くに見える山々は、悲しみや空しさだけを運んできた。今日は大丈夫だろうと思って厚木に向かったものの、登戸を通り越した頃から胸騒ぎがするようになった。今日の決心を私は後悔し始めていた。このままでいると不安発作が生じてくる。私は慌てて持ち歩いている安定剤を口に入れ、ハイボールと一緒に一気に飲んで目を閉じた。

うとうとしかけた時に「次は海老名です」という車内放送が流れた。七年の間にロマンスカーは海老名に停車するようになっていた。

目を開けると右手の車窓からは、青空と三角形の山容をした大山、それに続く丹沢山渓が見えていた。丹沢塔ノ岳の上は薄らと雪化粧をしていた。妻と娘で丹沢を歩いた思い出が蘇る。安定剤が効いてきたのだろう、思い出に浸る余裕が少しだけでてきた。

「雪菜はどこで何をしているのだろう」

いつもは意識から追い出している記憶が蘇ってきた。

医学部四年になると娘は殆ど家には帰らなくなり、親子の会話はなくなった。アル中の親父がいる家には帰りたくなかったのだろう。妻の最後の言葉とは裏腹に、妻が亡くなってから私の酒量は倍近くに増えた。五時に診療を切り上げると家に帰ってウィスキーをロックで飲むような毎日になった。

「医学部の勉強は大変なんだろう」

「そうでもない」

「帰らない日は、どこに泊まってるんだ」

「友達のところで、勉強してる」

彼氏の家に行っているのかと言いたかったが、それ以上何も言うことはできなかった。短い会話と緊張した空気しかない家、そんな場所から逃げたかったのかもしれない。あるいは妻の最後の言葉を裏切って酒浸りになっている父を見たくなかったのかもしれない。

娘は医師国家試験に合格し北相大学医学部附属病院の研修医になった。当直が多くなるからと春に荷物をまとめて家を出て行った。その後は数回しか家には帰ってこなかった。使っていた本や洋服をとりにくるが、私が食事に誘っても「仕事があるから」と帰ってしまう。

娘と話すことが殆ど減ってしまった。医師の多忙さが、親や家族のことを意識から遠ざけることは理解していたが私は淋しかった。

妻が亡くなって六年目に「一緒に七回忌をしよう」と娘にメールをしたが「忙しいので無理」と返事が来ただけであった。

事が起きたのは妻の命日の一ヶ月後である。この日のことは鮮明に記憶に残っている。

娘が男を連れて厚木のマンションにやってきた。

私はリビングのフローリングに座りローテーブルによりかかりスコッチをロックで飲んでいた。「こんばんは」と娘の声がした。玄関に行くと娘の横に男が立っていた。以前テレビで見たような気もしたが、胸くそ悪い風貌だった。若いくせにロレックスの腕時計、歌舞伎町のホストのようにしか見えない。中身がないような軽い男が高級品を持っているのが気にくわない。

「まあ、こちらに来て、座りなさい」とリビングに通して座布団を差し出した。

雪菜の横に座るホスト風情の男は、最近マスコミで売り出し中の米国帰りの形成外科医であった。一方的に自分の出世話や自慢話を話す男に次第に嫌気がさしてきた。

ウィスキーとグラスを三つ持ってきて「まあ、三人で飲もうじゃないか」と言うと「私は飲めないんですよ」とホストは言った。

——飲めないホストがいるのかよ。

「お前は、飲むだろ」と娘に勧める。

「いりません」とシラけた口調で答える。

——お前の好きな酒じゃねえか、男の前では淑女きどりかよ。

「母親の法事にも来ないで、今日は何のようだ。勝手にお客を連れてくるなよ」

「この人と結婚したいんです」

娘は唐突に言った。

「雪菜さんを幸せにするつもりです」

私の頭は真っ白になり、言葉が出なかった。男は雪菜の横で黙って座っている。本当に格好だけで中身のない奴に見えてきた。お前はこんな男が好きなのか、男に対する怒りが高まっていく。男が大事そうに抱えているカバンに視線が向く。HERMÈSという文字とロゴマークが目に入った。私の好きなブランドだった。そして怒りの感情は沸点に近づいた。

——お前は、馬具工房から苦労して発展したエルメスの歴史を知ってるのかよ。

「お前はいったい何さまのつもりだ」と男に言った。

「お前という言い方は、初対面の人に失礼ですよ」

もう自分を止めることは出来ない。拳を思い切り振り上げ渾身の力を込めて男を殴った。顔面にストレートパンチが決まり、歯が折れる感触が拳に伝わった。「アウ」と男は言い口を手で押さえて青い顔をしている。ボタボタと血が落ちた。男が殴り返してくるはずだと防御の姿勢をとる。ところが思わぬところから平手打ちがとんできた。私を引っぱたいてきたのは男ではなく娘だ。

「このクソ親父、何すんだよ！」

娘は立ち上がると私の胸を蹴りつけた。私は娘の足をとってなぎ倒す。下になった娘は右手で私の顔面を拳でなぐりつけてくる。私のメガネが飛んでいってフローリングに落ちた。

「あんたなんか、死ねばいい!!」

「お前は、それでも娘か」

「あんたこそ親父か！」

私と娘はとっくみあいの喧嘩になった。私は娘に馬乗りになりクビを絞めているところで我にかえった。頭を上げると脅えたような顔で二人を見ている小さな男が目の前にいた。私と娘は怒りの制御が互いに弱いところがある。娘の高校時代も、遅く帰った娘ととっくみあいの喧嘩になったことが三回ある。

「悪かったな……」

「ひどい……」

雪菜は泣いていた。

「君にも、みっともないところを見せた」と私は男に言った。

雪菜は泣きながら吐き捨てるように「二度と、ここには戻らない、この家も、この街も、全部なくなればいい！」と言い放ち男の手を引っ張り、一緒に家から出て行った。

二週間後、男の弁護士から被害届が届いた。横浜美容形成外科の医者は顔に残った傷について一千万円を要求してきた。

何もかも忘れたかった。家族の思い出なんて、どうでもよかった。思い出を引きずって生きる自分も嫌になった。

私はマンションの中にあるものを業社に頼んで全て処分した。家具も、電化製品も、家族の写真も、思い出の品も、何もかもを捨て去りマンションを評価額の半値で売った。請求された額をキャッシュで支払い新宿のワンルームに引っ越したのである。

雪菜にメールをしても連絡は一度もなかった。電話もしたが一度も出てくれなかった。

七年ぶりの本厚木駅前は一見すると昔とそれ程変わらない。北口の目の前のビルと街を紹介する大きなモニターは以前と同じだ。私は、かつて帰路に使った道を歩くことにした。歩いてみるとなくなっているものばかりが目に付いた。駅前の立ち飲み屋はマッサージ店に変わっている。飲み友達だった老先生の歯科医院はなくなっている。二年前に先生が亡くなった連絡は受けたが、先生が言っていたように、息子は歯科医院を継がなかった。

家族でよく行った公園に向かう。大きなマンションが建つなどして、周囲の風景は変わったが、公園にある三本の桜の木と一本の楓の木はそのままであった。私達は春になると満開の桜の下で花見をした。幼い雪菜を肩車して公園を歩きまわったものだ。

周囲は、暗くなりかけていたが、公園には親子連れが何組かいた。安定剤が切れてきたのだろう。暮れていく街並み、家路に向かう大人達、目の前の全ての情景が私の胸に寂寥感を運んでくる。それは胸をえぐるような愛情飢餓感に変わりはじめていた。公園脇のコンビニエンスストアに入りトリスのポケットビンを買った。公園のベンチに座り蓋を開けラッパ飲みで一気に飲む。幼稚園児くらいの子どもが私の方を見ている。母親もこちらを向いた。私は後ろを向いて蓋を閉めポケットビンを鞄にしまった。

町は完全に暗くなった。酔いに任せて私はかつて家族と一緒に暮らしていたマンションまで歩くことにした。家に帰る母親と子どもが二人が向かって歩いてくる。老夫婦が犬を散歩させている。彼らは以前と変わらない。変わってしまったのは私であり、家族であった。

もうすぐ歩けばマンションのはずであった。

私達が住んでいた四階の部屋には明かりがついていた。その明かりの中に人影が見える。あの部屋は確かに自分の家ではなくなり人のものになったと思う。辛い感情ばかりが湧く街に帰ってきたことを私は後悔しはじめていた。もう少し飲まねばいけない。

以前に通ったＢａｒ「アマロ」はあるのだろうかと思いつつ、足はかつて通ったＢａｒに向いていた。英国パブのような作りの内装、酒のじゃまになると音楽がない店、拘りの強い店なので、潰れているのに違いないと思いつつ歩く。そこには家族の思い出もあったし、行けば辛くなるかもしれなかった。しかし青く光る看板が見えると私の足取りは速くなった。家族で月に一回くらい来ていた店の看板は以前と変わらない。

アイアンバーのドアを開けたが客は誰もいなかった。

「こんにちは」

「お帰りなさい」

「飯田《いいだ》さんじゃないですか、まだ店、やってたんだね、七年ぶりに厚木に来たよ」

「お元気でしたか」

私は変わらない店内を懐かしい気持ちで眺めていた。少し老けたが白いシャツに蝶ネクタイの痩せたマスターは、以前と同じようにグラスをクロスで丁寧に磨いている。カウンターに立つマスターの後ろの棚には沢山の種類のスコッチがならんでいる。

「一杯だけ飲むよ」

「以前、飲んでいた奴ですね」

マスターは昔のように氷をピックで砕きウィスキーグラスに入れ、アードベッグの十年ものを注いだ。私達家族がマンションに引っ越してすぐに、この店がオープンした。オールドパーを注文したらブレンドは置いていないと言われ「俺に合いそうなウィスキーくださいよ」と臭いセリフを言ったら出てきたのがアードベッグである。最初に飲んだ時は、強いスモーキーな匂いが幼い頃に祖父の診察室で嗅いだ消毒液の臭いのように感じたが、飲むほどに懐かしさと心地よさを運んでくるので、やみつきになった。

「クセのある人がアードベッグを好むんですよ」とか「アードベッグは小さな岬という意味だったね」とか、「同じスコッチが好きだったヤマダさんは横浜で起業した」とか、五年ぶりにマスターとの会話を楽しんでいると気分は軽くなっていった。

岐阜屋は忘れるための場所だが、アマロは思い出すための場所になった。

シングルモルトのウィスキーが並ぶ酒棚の一番端にちょこんと座っている嘴が桃色の文鳥に気づいた。見覚えのある木彫りの文鳥である。

「マスター、それとってくれない」

「懐かしいでしょう、先生」

それは、ずっと昔、家族で作った木彫りの文鳥であった。

私達三人は文鳥を飼っていた。小学二年の娘はその文鳥に「ココ」と名付けて餌をあげてかわいがった。二年くらいした時にココの具合が悪くなった。スポイトで薬をあげたりして何とか元気になってほしいと皆で願った。しかし、寒い朝、娘と私が見ている前でココは痙攣して死んだ。娘は激しく泣いて二日間学校を休んで、死んだ文鳥をなで続けた。娘にとって初めての死別であった。

私は娘にこの体験を残してあげたいと思った。彫刻刀を使い不器用な手で、妻が好きだった高村光太郎の木彫り文鳥の写真を参考にしながら、見よう見まねで娘のために文鳥を作ったのである。「ココちゃんだ」と娘は喜び、それに家族三人で色を塗った。嘴は赤、羽は茶色。娘は高校を卒業するまでココを机の上に置いて勉強をしていた。文鳥の死が命の尊さを雪菜に教えた。そして、娘は命を救いたいと医学部を目指した。大学生の雪菜は社会勉強だと言ってアマロでアルバイトをした。その時にココを持ってきたのである。バイトの間だけ店に置いてもらい持って帰るつもりだったのだが、沙織が亡くなり生活が変わると、気持ちが離れ、ココはアマロに置き去りにされたのである。そのココが、私の手の中にいる。

「優しい子だったな……」

木彫り文鳥の手触りを感じていると、懐かしさよりも、娘と会えない悲しみが立ち上がってくる。

マスターは、何も言わずにウィスキーグラスをクロスで磨いている。

「二年前に雪菜ちゃんがやってきたんですよ、先生と同じように、それを見つけて、懐かしそうにしてましたよ」

あの男がこの店にまで一緒について来たのか思うと怒りと不快な気持ちが襲った。しかし娘の近況が聞けるかと思い「誰と来てたのかね」と尋ねた。

「一人でしたよ」とマスターは言った。娘がどこで何をしようと勝手だが、この小さな岬に、あの男を連れてきていないことに私は安堵した。

「新宿に住んでるんですか、一時間くらいだから顔出してくださいよ」

「もう、この街には誰もいないんだよ……」

私の言葉にマスターは何かを感じたようだ。

黙って店の奥に入り、しばらくすると戻ってきた。

「誰もいないなんて言わないでください。もう一人いますよ」

カウンターの上にグラスを置くような仕草で一枚の名刺を差し出した。

それは娘の名刺であった。

「ゆきな診療所　院長　高村雪菜」と書いてある。

「二年くらい前、雪菜ちゃん厚木で開業したんです。街まで下りて来れない高齢者のためだと言ってました」

診療所の住所は妻の墓がある飯山であった。

思い出と温かい気持ちが凍った心を溶かしていく。氷が溶けていくように十年間一度も流したことのない涙が頰に落ちはじめた。

私は手の甲で涙を拭いながら「マスター、もう一杯」と言ったマスターは後ろに向いてボトルを棚から取り出している。そして背中を向けたまま、私に言った。

「雪菜ちゃん、金曜日の夜にきます。いつもアードベッグを飲んでいます」

その時、後ろでドアが開く音がした。

振り向くと、そこには懐かしい顔があった。

第三章　アードベッグの娘

深夜一時、暖房が効かない春日病院職員寮の自室のパソコンを前にして、高村雪菜は肩に毛布を被りアメリカンハート・ジャーナルに投稿するための英語論文を書いていた。月の休みが一日しかなく、週の当直が三回の過酷な仕事も残り三ヶ月になった。

二月になると次年度人事を決定するための教授面接が行われる。医局員が教授室に呼ばれ四月からの勤務先が指示されるのである。

研修医としての五年間が終わると医師としての方向性が決まる。実家のクリニックや病院を手伝う者、総合病院に勤務して専門医資格を目指す者、大学院に進学して医学博士をとりキャリアを積み、助教、講師、准教授、教授という黄金ルートを目指す者に分かれる。

半年前、松田孝夫《まつだたかお》が教授に就任した。松田は帝都大学講師から教授に抜擢された五十代の内科学会理事である。福井《ふくい》教授定年後の教授選で勝ち抜いたのだが、その人柄は福井教授とは全く違っていた。松田教授は自分が下戸だという理由で就任パーティーはノンアルコールで行われ、スピーチの内容も「アルコールの心毒性」を長々と語るような調子である。語尾に「の」と「ね」がつく高い声色が雪菜には気になって仕方がない。馴染みの新宿二丁目おかまバーの由美《ゆみ》さんを連想してしまう。会場でウーロン茶のグラスを持ちながら「つまんない教授になったわよね」と同期の研修医に言うと、「シーッ」と彼は人差し指を口にあてた。

二月十五日午後二時、コンプレックスビズの髪留めでダークブラウンの長い髪を後ろにまとめた雪菜は、教授室の廊下の壁に背にして、白衣のポケットに両手をいれたまま、建築中の新病棟を眺めていた。同期の研修医が教授室から出てきてガッツポーズを見せた。しばらくするとドアが開き「高村先生お入りください」と新しい教授秘書が雪菜を呼んだ。

教授室のマホガニーデスクには、なで肩、小柄、薄い頭髪の松田教授が座っている。後の壁には学会賞の賞状、学位記、米国著名人との写真が並べてられていた。

「あなたが高村雪菜さんね」といった声色はおかまバーの由美さんそっくりで、思わず「プッ」と笑ってしまった。

「高村先生、沼津の山田病院の内科ポストを北相大で押さえたいのね。三年だけ静岡に出向してね」

――来たあ、おかま教授の指令。

「私は大学に戻ることが条件で、誰も行きたがらない春日病院に行ったのです。私の在宅高齢者の看取りの論文は学会賞も取りました。四月からは大学に勤務させて下さい」

「素晴らしい論文ですが、福井先生が殆ど書いたのでしょう、研修医に書けるとは思えないのね」

――うわあ、ひがんでる。

「私が八〇％やりました。福井先生から聞いてるはずです」

「私の方針は福井教授とは違いますからね」

——おかま教授は、私を追い出しにかかっている。

松田は冷たい視線を雪菜に向け「先生の研究は医局が引き受けます。この件は学部長からのお願いでもあるのね」

——私のアイデアを盗んで後輩にさせる？　私を追い出すつもり？　学部長からのお願いって何よ？

雪菜の頭は真っ白になり耳鳴りが始まった。

「すぐには決められませんので、考えさせてください」

相模大野駅から小田急線で新宿駅に、そして中央線に乗り換え高尾駅でタクシーを拾い春日病院の隣にある職員寮に雪菜は帰った。部屋には衣類と医学書、それに冷蔵庫だけが置かれ、余分なものは何もなかった。冷蔵庫から缶ビールを取り出して一気に飲む。

——教授が変われば全てが変わるか。

壁にはジョン・レノンのポスターが張ってある。医学部入学祝いで両親と一緒に行ったニューヨークで買ったものだ。あの頃は母も父もいて温かい家族があった。奥多摩の職員寮に一人で座る雪菜に淋しさが迫ってきている。

机の上に転がっていた北相大学の広報誌をパラパラとめくってみると新医学部長の紹介記事と写真が出ていた。四月に赴任する医学部長は帝都大学の伊吹義彦《いぶきよしひこ》という内科教授である。伊吹という苗字は以前付き合っていた彼氏と同じであった。

「そういうことか……」

雪菜は全てを悟った。


研修医一年目の雪菜は伊吹良一《りょういち》という二歳年上の形成外科医と付き合っていた。良一が「結婚したい」と言ったことは嬉しかった。母が死んで父の高村幸介はアル中になり、もう一度、温かい家庭を作ってやり直したかった。伊吹家は代々の医者一家だと聞いていたし、父親は帝都大の循環器内科教授、自分と同じ領域でもあった。

良一を会わせようと連れていった時、父はいつものように酔っていた。タイミングが悪かった。母の七回忌に行かなかったことが父を刺激した。酒を飲まない良一には、玄関先の大量の酒瓶やビール缶も異様な光景であった。

父はフラついた足でオールドパーとグラスを二つ持ってきた。飲めない良一が酒を断ったので、雪菜も状況に合わせて酒を断った。そのことが刺激したのであろう。上から下までじろじろとブランドで着飾った良一を見た後に父は言葉を放った。

「お前はいったい何様のつもりだ」

「お前という言葉は初対面には失礼です」

その後に突然、良一の顔面を殴ったのである。雪菜はすぐに父親を平手打ちした。父の興奮は収まっていない。立ち上がった父親の胸に回し蹴りを入れる。肋骨が折れるような感触が足に伝わり「まずい」と思った。小学生の時と違って空手二段の大人の回し蹴りの破壊性は尋常ではない。「ごめん」と言ったが、今度は父が私の足をとって体を倒してきた。父娘の乱闘になり、テーブルのグラスは割れ、父のめがねは吹き飛んだ。父は私の首を押さえ込んでくる。取っ組み合いが収まると、父は蹴られた左胸を押さえながら「悪かった」と言った。雪菜は「こんな家に戻らない、こんな街もなくなればいい」と言って良一の腕を引っ張り家を出た。血に染まるハンカチを口に当てて良一はワナワナと震えている。スマホを取り出し「ヨコハマまで、い、いちだい、お、お願いします」とタクシー会社に震えた声で電話をしている。「私も行くわ」と言う雪菜を無視して、良一は一人で帰っていった。

別れを告げられたのは事件の三日後である。

良一が会って欲しいと言ってきた。新宿西口を出てビックカメラの裏にあるルノアールの前に行くと、白い帽子を深くかぶった年輩の女性とスーツ姿の良一が立っている。

雪菜と二人はルノアールの一番奥の席に座った。

「息子の歯は三本折られていました。お付き合いをやめてくださらないかしら」とデブママが言った。

「確かに父親の暴力は問題です。でも娘を思う親の気持ちは、母親が息子を思う気持ちと同じじゃないでしょうか」

「アル中と同じにしないでくださらない。良一、あなたも別れたいのでしょう」と言うと良一は首を縦に振った。

――弱っちい奴、だめだこりゃ。

「これは先生の研究費に使ってください。たいへん優秀な先生だと帝都大教授の夫から聞いていています。何かとお金も必要になるでしょう」と言うと母親は茶色の封筒をテーブルの上に置いた。

――手切れ金？　こんなもの、いらないわよ。でも金は金。

「じゃあ、遠慮なくいただきます。さようなら」と言い封筒をバッグの中に押し込み席を立ち出口に向かった。ルノアールを出た先には医学生時代に父が一度だけ連れてきてくれた思い出横丁があった。久しぶりに横丁を歩くと岐阜屋という店では昼間から中年男達が酒を飲んでいた。


松田から呼ばれてから数日間、雪菜は将来を考えていた。伊吹の学部長体制は五年以上続く。松田教授体制は十年以上だ。こんな大学にいたら私は助教にすらなれない。しかし他大学の求人は終わっていたし自分にはコネもない。

「あと一年だけ春日病院で働かせてください。心配な患者もいます。その先は自分で考えますので、お願いします」

「山田病院に行きたくないのね？　医局を辞めるの？」

――こんな男と一緒には、一日だって働けない。

翌日、辞表を持って医局に行った。

「若い才能が潰れちゃいますよ」と松田はほくそ笑む。

「潰そうとしているのは先生じゃないですか！」

「生意気な。荷物を片付けて医局から出ていきなさい」

「春日病院はどうなりますか」

「あんな病院の後任なんて誰でもいいの。春日病院からも出ていきなさい」

医局人事に刃向かう者は関連病院にも勤務させないという松田の噂は本当であった。

月曜日の朝に春日病院の医局に行くと、北相大からやってきた若い研修医がいたが、雪菜には目も合わせず挨拶もしない。職員寮にいくと信じられない光景があった。自分の部屋の前に三つの段ボールがおかれ、衣類や本がその中に放り込まれている。無造作に剝がされたのであろう。ジョン・レノンのポスターも一部が切れていた。

「ひどい……」

怒りに震えた雪菜は「春日院長はいますか」と院長室に電話をすると「松田教授とゴルフに行っています」と秘書の声が返ってきた。親の前でも流したことのない涙が溢れるように流れだした。涙を手で拭いながら車に段ボールを積んだ。誰にも挨拶をせずに春日病院を後にした。

車は父の故郷に行く時に使った国道一六号線に入った。

——厚木の実家に戻ろう。厚木に住む父を訪ね一緒に母の墓まいりに行く。良一のことも謝らないといけない。

　相模原から一二九号線を南に走れば。父のいるマンションがある。厚木市民病院の前を通り過ぎると茶色の外観のマンションが目に入った。

――お父さん待っていて、すぐに行くから。

　マンションの客用駐車場にフィアットを停めた。逸る気持ちでエントランスホールに行き八〇八号室のインターフォンを押す。しかしインターフォンからは「加藤ですが」と知らない女性の声だ。

「高村幸介さんの家ではありませんか」

「違いますよ。どちら様ですか？」

「すみません、間違えました」

　不安が襲ってきた。父は肝硬変か何かで入院しているのかもしれない。すぐに東和大精神科に電話をかける。

「高村雪菜です。父の高村幸介はいますか」

「高村先生は医局を辞めています。勤務先は聞いてません」

――父が失踪した。

　父のがんは大丈夫なのだろうか、自分を守ってくれる人が何処にもいない。私は一人になってしまった。とりあえず母親の墓参りに行き帰ることにした。

母の墓は飯山の山間にある。母方の先祖の墓が清川村だったので飯山墓園に墓を作ったのである。県道六〇号を北に走ると丹沢の山並みと大山が左手に見えてきた。ダム建設のために造られた道の両脇には、山にへばりつくように民家が並んでいる。飯山観音入口を通り過ぎ丹沢方面に曲がったところに墓園はあった。一番奥に「高村家」の墓石がある。花をあげ、線香に火をつけて手を合わせる。

墓園の後ろに見える大山に目を向けると、ムクドリが外敵から守るために大きな集団で飛び回っていた。もう自分には守ってくれる仲間は一人もいない。

墓園の先には両親と幼い頃によく来ていた清川村がある。母が幼い頃に住んでいた場所で、神奈川県で唯一の村である。宮ヶ瀬湖の近くのキャンプ場で両親と星を見たことを思い出す。今日はカーキャンプ場で車中泊でもすればよいと思い車を清川村に向けた。

飯山温泉入り口を右折して走っていくと「田辺医院」という古い医院が目に入ってきた。

――あ、ここ来たことがある。

医院の二つの門柱の脇には大きなシュロの木が立ち、その横の大きくなった花水木には花がさいていた。駐車場は桜や欅など成熟した木々が植わっている。医院は古い木造建築の平屋で三角屋根が二つ並び外観は昭和の風情だ。入り口には内科・小児科と書かれた疲れた看板があった。駐車場に雪菜は車を入れた。誰もいる気配はない。

運転疲れを山間の景色で癒やしていると「ガラ」と医院のドアが開く音がした。玄関が開いて白衣を着た老医師と年輩の看護師が出てきた。痩せた老医師は杖をついているが、ガクガクしていて足下がおぼつかない。隣の看護師が往診鞄を持っている。

――院長先生、危ないよ、転んじゃうよ。

そう思った瞬間、老医師はへたり込むように路上に座ってしまった。看護師はしゃがみ込んで白衣の背中をさすっている。

――助けなきゃ。

雪菜は車から降りて二人に駆け寄った。

「無理です、往診はやめましょう」と看護師は言っている。

「田中《たなか》は俺が看取るんだ。俺の友人だ。約束したんだ！」

「無理です！」

二人のところに駆け寄り雪菜は言った。

「お手伝いさせてください！」

しゃがんでいる二人は雪菜を怪訝な表情で見上げる。

「私、これでも医者なんです。本当です。ちょっと待ってください」と言って車に戻り、段ボールの中にある医師免許とネームプレートを持ってきた。「この通り、医師免許も病院で使っていた名札もあります。往診に付き合います」

「ハアハア、それじゃあ頼みますか、ハアハア」、老医師の呼吸は苦しそうである。

三人は往診車にのった。運転は看護師、雪菜は助手席に乗り、老医師は後部座席に乗った。

車が山奥に入っていくと宮ヶ瀬湖があり、脇の狭い道を降りると古い木造の一軒家があった。玄関先には杖をついた老婆と息子夫婦らしき三人が立っている。車を止めると息子夫婦が車に駆け寄ってきて「先生、間に合います」と言う。老婆は玄関先で「早く」と院長を手招いている。

――院長が会うまで保たせなきゃ。

「先生、往診鞄を借ります」

畳の上の布団に横になっている骸骨のように痩せた老人はすでに下顎呼吸が始まっている。往診鞄から聴診器を取り出して、心音を確認するが微弱になっている。「おじいちゃん、院長先生が来るから頑張って」酸素濃度を上げて、点滴の速度を調整する。

――院長に会いたいんだよね、使っていいよね。

雪菜は往診鞄の中に入っていた昇圧剤を点滴に入れた。現在の終末期医療では昇圧剤の投与は奨励されていないが、そんなことはどうでも良かった。五分後にヨタヨタと歩く院長が看護師と入ってきた。畳に上がり患者のところまで行くと老医師はへたりこむように座って患者の手を握る。

患者は一瞬だけ目を開けて「ありがとう」と小さな声を発すると目をつむった。雪菜が胸に当てた聴診器の拍動は減弱し、そして停まった。聴診器を外して院長を見ると「うん」と頷き瞳孔にペンライトをあて死亡確認した。

「午後三時四十五分、永眠されました」

家族は深々と頭をさげる。院長は死亡診断書を書き家族に渡す。患者の妻は先生に抱きついて顔を埋め「先生！　長い間、主人がお世話になりました。最後に会えて幸せだったと思います」と言った。

帰りの車で雪菜は宮ヶ瀬湖と大山を観ていた。

――綺麗な景色。

最後の役割を果たした院長は少し元気になった。

「お嬢さんありがとう、山田《やまだ》さん、半日分の給料を彼女に払ってあげてください」

「そんなのいりません。それより……」

「なんだね？」

「先生のところで働かせてください！」

「何を言ってるんだ！　もう医院は閉じるんだ！」

「良いじゃないですか。体調が悪い時に手伝ってくれます。今日も助かったじゃないですか」

「仕事がなくなっちゃったんです。お願いです。明日も来ます！」と言って雪菜は頭を下げた。

院長の田辺五郎《たなべごろう》は八十八歳であった。妻は十年前に亡くなり一人暮らしで子どもはいなかった。半年前に肺がんの全身転移が判明してしまい後任の院長候補を探したが、山間の古い医院に来る医師は誰も居なかった。

　雪菜は駅前ホテルに泊まり、後日、賃貸マンションを探し、田辺医院に勤務することにした。朝早く行って、通院患者の紙カルテを一通り読む。高血圧、高脂血症、糖尿病など、老年疾患の患者ばかりである。午前は外来で午後は往診で寝たきりになっている人を訪問する。午前中は週一日だけ院長が担当、後の四日は雪菜が担当することになった。週に三日、市民病院に院長を点滴に連れて行き、点滴の後に院長を往診車に乗せ、看護師の山田さんと一緒に数人の患者を往診するのが日課になった。

　しかし院長の病状が進むにつれて雪菜と山田だけの往診が増えていった。

　森村《もりむら》さんという九十歳の老人を往診した日のことだ。

「こんな優秀な娘さんが帰ってきたから院長も安心だろう」

「娘じゃないですよ、ちょっと胸を拝見しますね」

　院長が使っている聴診器を痩せた肋骨の上に当てて心音を聞く。心不全を示す心音であり、両方の足も浮腫《むく》んでいる。このままでは数日で急変する。「市民病院にお願いしましょう」と言うと、首を横に振って「ここで、このままで……」と山田は言った。

　田辺医院に勤務して二ヶ月、雪菜が仕事に慣れていくのとは裏腹に、院長の状態はどんどん悪くなっていった。歩くこともままならない院長は「最後に森村さんの往診にだけ行かせてくれ」と言う。院長の主治医に「自分が付き添うので往診させてあげて下さい」と頭をさげると、「医者の鑑と言えば鑑ですが……、今の田辺先生には無理です」

「なんとかお願いします」

「そこまで言うなら点滴をぶら下げて行ってくださいよ。それと救命セットも忘れないように。田辺先生用ですからね」

院長は点滴をぶら下げて、森村さんを往診することになった。どちらが患者かわからない、いや、どちらも患者である。後部座席に座る院長をルームミラーで確認しながら雪菜が運転する。窓の外の景色をみたまま院長は何も言わずに黙っていた。

院長を見た森村さんは「もういいよ院長。長い間ありがとう。先生より先に逝かせてくれや」その言葉に、院長は涙を流して手を握った。翌日、森村さんは亡くなり死亡確認と死亡診断書は雪菜が書いた。


院長の病状は進行した。痛みもあり酸素マスクが外せなくなったので、雪菜が院長の仕事全てを代行することにした。雪菜は田辺医院の仕事を終えると、院長の病室に行き、その日の行動を報告する。そして厚木のマンションに帰るのが日課になった。

雪菜が医院に勤務して三ヶ月目、爽やかな春風が吹く五月二十五日、院長は八十九歳で患者達の後を追うように逝った。

「送る会」が田辺医院で行われることになった。神奈川新聞には「田辺五郎医師死去、地域医療に五十年、お別れの会は五月二十八日から三十日まで、香典なし、記帳なし。ご焼香のみでお願いしますとのこと」と小さく報道されていた。

田辺医院の前の白いテントには、院長の遺影と焼香台だけが置いてある。会に来た人は記帳もせずに焼香だけして手を合わせて帰っていく。誰が誰だか全くわからない。テレビで観たことがある人、ヨレヨレの服を着た人、すぐに帰る人、二十分も手を合わせる人、泣き崩れて家族に抱えられる人……全てが院長の患者であった。


三日間の「送る会」が終わった。

山田は「長い間ありがとうございました」と書いた紙を医院のドアに貼っている。一人残された雪菜はボンヤリと診察室の椅子に座っていた。閉院届が出されたので患者は一人も来なかった。窓から丹沢の山並みと大山の頂が見えている。

――院長は、この場所で五十年間、この風景を見ていたんだ。

雪菜は誰もいない診察室で診察用のベッド、血圧計、院長の使っていた白衣などを眺めていた。全てに五十年の歴史が残っていた。

山田が診察室に最後の挨拶にやってきた。

「高村先生ありがとうございます。院長は幸せだったと思います」

「明日でお別れですね。淋しいですが、しかたありません」

「山田さんはどうされるのですか」

「岩手に帰るつもりです。故郷の老健施設でも探して働きます」

雪菜は小柄な山田をハグした。

「ありがとう先生、ありがとう」と山田さんは泣いている。

「高村先生が去る時に渡してほしいと院長から手紙を預かっています」山田は自分のロッカーの鍵を開けて雪菜に手紙を渡した。

「明日でお別れですね。看護雑誌で先生の名前を見かけたら知り合いに自慢するんです。この先生と一緒に働いたことがあるのよって!!」そう言うと、山田は深く頭を下げて診察室から出ていった。診療机に座り封筒を開けると、万年筆で書かれた便せんにはカルテで見慣れた院長の文字があった。

『高村雪菜先生へ
　あなたに会ったのは三度目です。最初はあなたが小学生の時、二回目はあなたの講演会、そして今回でした。私を助けてくれた時「高村雪菜」の名札で北相大の医師だと気づきました。北相大で行った医学会若手優秀研究賞記念講演会であなたの研究発表を聴いていました。老いぼれの私にもわかるようにあなたは上手に説明していました。終末期医療の新しい取り組み、その方法は家族関係や最後の別れを踏まえた新しいアプローチであり高齢社会を救うような感動を覚えたのです。あなたの迅速な判断で私の友人で患者であった田中の最期を看取ることができました。
　先のない医者人生、過去や業績に関係なく医師と医師だけであなたと付き合うことに決め、個人的なことには触れませんでした。

高村先生が清川村出身の小林《こばやし》沙織さんの娘だと気づいたのは山田です。小林家は清川村の代々村会議員の名家でした。選挙をめぐる騒動で沙織さんが中学生になる時に鎌倉に引っ越したのです。

高村雪菜で昔のカルテを探したら、あなたの名前が見つかりました。小学校三年の時のカルテです。その紙カルテにはあなたの落書きがありました。私の似顔絵です。あなたのおじいさん、おばあさん、お母さんも、この村を離れるまで、私の患者だったのです。お母さんは看護実習でこの医院に来て勉強したのですよ。子ども時代を過ごしたこの地を愛していたんです。先生をご先祖様やお母様がここに導いたのです。

でも、ここは、あなたがいる場所ではありません。私の患者は市民病院に頼みましたから大丈夫です。

大学に戻ってください。北相大新教授の評判は医師会仲間から聞いていました。先生も苦労されたのでしょう。恩返しをさせてください。私の母校、聖クリスチャン医大の後輩、山村《やまむら》内科教授にあなたを紹介しています。彼は人望のある後輩です。きっとあなたのことがわかるはずです。研究を続けてください。

研究が出来る医者は臨床が出来ないと思われがちです。しかし、あなたの臨床は研究以上に素晴らしい。

あなたが使ってくれた一九八四年製リットマンの聴診器、それは田辺医院の開院以来五十年近く使っていたものです。それで何人もの心の音を聞いてきました。お母さんの心の音、お爺さんとお婆さんの心の音そして、幼かった高村雪菜の心の音を聞いたのも、その聴診器です。よかったら、使ってください。我が医者人生に悔い無し　ありがとう』

院長の手紙が迷っていた雪菜の気持ちを押した。

閉院にむけて庭の掃除をしている山田さんところに行って「山田さん、これからも私と一緒に仕事してください」と唐突に言った。

「え？」

「この医院、私がやります！　終わらせたくないんです！」

「本当ですか」と信じられないといった表情である。

「本気です、これからもお願いします」と頭を下げる。

山田の目には涙がにじんでいる。

田辺医院を引き継ぐことを決めた三日後に、雪菜は聖クリスチャン大学医学部の山村教授を訪ねた。どこか自分の父と似ている顔立ちの山村教授は、白衣姿で首に聴診器をかけている。雪菜は自分の気持ちを素直に山村教授に伝えた。機嫌が悪くなると思ったが山村教授は柔和な表情になって雪菜に言った。

「そうですか。本学としては残念ですが素晴らしい選択です。きっと田辺先生が一番喜んでいると思います。三十年前、田辺先生は私の指導医だったのです。最近は、聴診器もろくに使えない若い医者が増えました、私は今でも聴診こそが医者の本分だと思っています。聴診技術を教わったのが田辺先生です。これは田辺先生から研修医終了の時にプレゼントされたものです。一九八四年型リッドマン、これ名器なんですよ。今でも使っています」

そういって山村は聴診器を雪菜に手渡した。

「山村先生！　同じの私も使っているんです！」

「え、どうして？」

「田辺先生から形見にいただきました」

「そうでしたか、先生に託したのですね」

「先生の臨床センスは田辺先輩から聞いています。でも、このまま先生との関係を失いたくありません。頼みがあります。医学生や研修医に本当の医師の姿を伝えてほしいのです。本学に非常勤講師で教えにきてくださいませんか」と、山村教授は机上に頭を下げた。

「もちろんです。これからも宜しくお願いします。ありがとうございます！」

六月十五日、保健所で「ゆきな診療所」の開院届が受理され、七月一日に開院することになった。院長のカルテ倉庫には五千件近い紙カルテが残っている。古いカルテは五年したら廃棄できるはずであったが、院長には五十年間に関わった全員が思い出だ。カルテ庫の中の夕行のところを探すと「高村雪菜」という古いカルテが確かにあった。院長が言っていたように、カルテには白衣を着た医者の落書きが描かれていた。

――ここに来ることは決まっていたんだ。次はアマロに挨拶に行かなきゃ。家族との思い出が残っているＢａｒアマロに向かった。酒好きの両親に大学入学後に連れてきてもらったしアルバイトもしていた思い出の場所である。

　店内に入ってきた雪菜を見るなり、マスターは驚いた表情で「雪菜さんでしょう！」と言った。カウンター前の少し高い椅子、カウンターの後ろの酒瓶の種類は以前と変わらない。「マスター、私、飯山で開業することにしたの」そう言って雪菜はハンドバッグから名刺を取り出しカウンターの上に置く。マスターはそれを受け取り「女医さんになったのは聞いていましたが開業ですか、ゆきな診療所、そのままですね、以前のようにアードベッグでいいですか」

　父から「飲んでごらん」と言われ、初めて口にした時、「これ消毒液じゃない」と言ったが、強いピートの香りになれてくるとアードベッグはお気に入りのスコッチになった。

「ゆきなという名前で、父が見つけてくれないかなあ！」

「私も先生とは、しばらく会ってないんです」

「何してるんだろう、アルコール大丈夫かなあ」

「あの方のことだ、どこかで元気に仕事してますよ」

　ボトルが並ぶ棚の角に置いてある木彫りの文鳥が雪菜の目に停まる。「マスター、木彫りの文鳥、ずっと置いていてくれたんだ」父と母と一緒に作った文鳥である。

　ココという文鳥が亡くなった時に家族で作ったのだった。

二年後。

診療所の駐車場から見える大山の頂上は薄化粧をしたように白くなった。毛糸の帽子を被ったジャンパー姿の老婆は、息子が運転してきたマーチの後部座席に座り、痛みが残る両膝を両手でさすり開院時間がくるのを待っていた。開院まで一時間あったが一番最初に診てほしいのである。「おふくろ、ゆきな先生が来たよ」、真っ赤なフィアットが停まり高村雪菜が降りて老婆に手を振る。

駐車場に車が次々に入ってくる。八時四十五分のバスが到着すると、ぞろぞろと患者が降り始めた。子どももいれば、杖をついた老人もいる。皆、診療所の患者である。

開業して二年の間に看護師も一人増えた。雪菜の中学同級生でシングルマザーの梢《こずえ》である。山田さんの担当は午前の外来、午後の往診は梢の担当になった。

梢と一緒の訪問診療を終えて四時に戻り、休憩室のテレビでワイドショーを見ていると、懐かしい顔が画面に登場した。良一である。

「早見レイが結婚するんだ。形成外科医が相手だって」

テレビを見ると、そこには懐かしい顔があった。後悔と未練に似た感情が雪菜の心を動かす。

——もう、終わったこと。

テレビを消そうとリモコンを持った時、良一の声が聞こえた。「彼女と僕は高校の同級生だったんです。デビュー前から付き合っていますからもう十年くらいなります」

――嘘でしょ。

「雪菜の元彼も形成外科医だったよね」と梢が話しかける。

「もう忘れたわよ。ちょっと車に書類を忘れたから戻ってくる」と言って車に戻り、運転席に座り白衣のポケットにあるスマホを取り出し「早見レイ　結婚」と検索すると芸能ニュースに沢山の関連記事がならんでいた。

――私は遊び相手だったわけね。

車内で白衣を脱いで助手席に置き、ドクターシューズのまま車から降りて腕を上げて思い切り伸びをする。

――前歯三本でよかったね。

髪留めを外す。肩までおろした髪が山からの風で後ろに流れる。肩幅に両足を開いて腰に拳をもっていき、飯山の上に広がる薄暗くなりかけている空を仰いで深呼吸した。

「えい」「やあ」と正拳突きを二回決めた。

「まだ空手やってたんだ」と診療所から出てきた梢は言った。

「たまに練習するのよ、梢、明日は父兄参観日で休みだね」

「ワクチンの件は山田さんに頼んでますので、よろしくお願いします」と言って梢は帰っていった。

診療所から見える丹沢の空は暗くなり始めている。

診察室に戻った雪菜は机の上に置いてある院長から贈られた古い聴診器をそっと撫でる。

——私には患者さんがいる。今日は金曜日だ、アマロに飲みに行こう！

雪菜はマンションに帰ると、少しだけ髪をカールし、ピーコックグリーンのワンピースに着替え、コメックスのハイヒールを履いてBａｒアマロに向かった。

——よし、今日はアードベッグガリレオを飲むんだ。

古い木製のドアのアイアンバーを引いて中を覗くと、カウンターに座る男の背中が見えた。

マスターは雪菜を見るなり右手で小さくガッツポーズした。

カウンターの男が振り返ると、懐かしい顔がそこにあった。

第四章　忘れていたこと

都内の新型コロナ感染者数は一日二千人を超え、飲食店の営業は午後八時までに制限された。今日、やってきた患者は生活保護で統合失調症の泉《いずみ》さん一人だけだった。来院予定だった吉田《よしだ》さんは三丁目のソープランドを辞めて熊本に帰ってしまったし、すし屋の中村《なかむら》さんはうつ症状が悪化したため、金曜日に精神科病院に紹介した。

診察室の壁掛け時計が五時を指した。

椅子から立ち上がった私は窓際まで行き、思い切り腕をあげて背筋を伸ばした。マスクを外し大きなあくびをする。窓の外にはホストクラブの大きな看板が見える。何度見ても、目が大きくロンゲで茶髪の五人は同じような顔にしか見えない。

私は茶色のジャケットに着替え、新しいマスクをつけて診察室を出た。

待合室には患者はいなかった。

「もう患者が来ないから帰るね」と事務の齋藤さんに声をかけたが、いつもの彼女ではなかった。マスクの上の大きな瞳には悲しみが宿っているように見えた。

「院長先生の話があるので待っていてください。すぐに出てくると思いますので」と弱い声で私に言った。

待合室の患者用ソファに座った時、第一診察室のドアが開いて、田中が私を呼んだ。収支が記載されているバインダーを私の前に広げ、四月から十一月までの一日の平均患者数を示したページを差し出した。見てくれと言わんばかりの勢いだ。四月の一日の平均患者数は五十人だったが十一月は十人になっていた。

予想した言葉が返ってきた。

「申し訳ありません！　コロナで患者がすっかり来なくなりました。明日から先生の給料が払えません、ここには今日までの日割り分と少しの退職金が入っています」と言い、茶封筒を私の前に差し出した。

「この状況だからな。でも、これはいらない。齋藤さんのボーナスにしてくれ」

田中は椅子から立ち上がると頭を深々と下げて、仰々しく「すみません」と言った。

「齋藤さん、ロッカーにあるゴミや空き缶は捨てておいてね。あ、田中、ビールの空き缶は診療前に飲んだんじゃねえからな」

「わかってますよ」

田中は、クリニックのドアを開けて「お世話になりました」と頭を下げホテルのボーイのような態度で私を送りだした。

「タカムラセンセー、コロナが落ち着いたら、またウチに来てくださいよー」

背後から感傷的な田中の声が聞こえたが、私は振り向かず右手を左右に振って、五階のエレベーターホールに向かった。

雑居ビルを出ると、すっかり変わってしまった歌舞伎町が目の前にあった。大勢いた外国人は敵国との戦争が始まったかのように一人もいなくなり、殆どの店のシャッターは閉まっている。

街には、祭の後のような孕んだ空気が漂っていた。漂う空気が記憶の触覚に触れた時、忘れていた風景が映画のワンシーンのように立ち上がっていた。時間が錯綜し始め処理しきれない感情が溢れ出てくる。故郷の夕暮れの山陰が意識に上がってきたが、それを打ち消すように私は足早にマンションへ向かった。

十二階のワンルームに戻り、冷凍庫に入れてあったコンビニの氷袋から三片のかち割り氷を手づかみで取り出し、グラスに入れ、患者の渚《なぎさ》さんがくれたスプリングバンクを注ぎ、オンザロックを手にして窓越しに立って一気に飲んだ。

窓から見える歌舞伎町は人通りもネオンも消え、どこかの地方都市のようだった。コロナの蔓延で多くの人が戯れる時代は終わった。

――この街を離れよう。

神奈川に戻ることを決意し、パソコンで湘南の賃貸マンションサイトを見ていると「海風と一緒に住もう」と逗子のマンションの広告が目に留まった。バルコニーから海を見ながらビールを飲もうと想像すると気分は良くなった。勤務先探しのため精神病院協会の病院名簿サイトを開いた時、スマホがなり始めた。

——田中だ、気が変わったんだな。

ところが画面に表示された電話番号は知らない番号だった。「突然のお電話で、申し訳ありません」という聞いたことのない女性の声が聞こえた。

「不動産には興味ないよ。私の番号を誰から聞いたか教えてくれたら話を聞くよ」と不快感を声に乗せて電話を切った。以前から使っているセールスへの対応だ。こうすれば不動産セールスは二度と電話をかけてこない。しかし、今回に限って、すぐに電話が入った。

「へー、番号の漏洩元を教えてくれるんだ」

「私はセールスではありません！」と女性の声は怒りのトーンに変わった。

「私はN町小学校で養護教諭をやっていた川崎明子《かわさきあきこ》です」

N町小学校は出身校の名前だが、思い出したくもない名前だ。不快になった私はつっけんどんに「N町には用事はないです」と言った。

「あ、切らないでください。どうしても伝えたかったことがあるんです。先生を知っている保健学会の先生から携帯番号を教わったんです、すみません……」

川崎明子というという保健室の先生は思い出せない。しかし自分の携帯番号を教えたのは、私の後輩の吉沢克也《よしざわかつや》だと察しがついた。

「高村先生の担任だった大塚文子《おおつかふみこ》が先月亡くなったんです。文子が先生に渡したかったものを預かっています。文子は先生のファンだったんです。先生が書いた本を大切にして何度も読んでいました」

面倒くさい話であった。

「忙しいので、こちらからかけ直します」と言い電話を切った。

『ケアの精神分析』という新書を出したのは十年以上前だ。東和大の講師だった時に対人援助行為を「ケア」という概念にまとめた新書だ。当時は本屋に平積みになり「高村幸介」の名前が知られることになる。その効果で論評やコメントでテレビやラジオで呼ばれるようになった。しかし、一度、失敗するとマスコミは二度と相手にしてくれない。

テレビで「いじめ」に関する対談があった。相手は帝都大学の天田《あまだ》教授だ。理想論しか述べない天田を私は以前から嫌っていた。

「いじめる側にも家庭的な問題があります。ですから、どちらも同じケアが必要なんです」と言った時、私の時限爆弾のスイッチが入った。

「天田先生は、いじめの本質をわかってないですよ」と強い口調で言った。司会者は「高村先生、燃えてきましたねえ」と、〝熱血精神科医登場！〟と言わんばかりに議論に拍車をかけた。天田が現実と異なる思弁ばかり述べる度に、時限爆弾のタイマーが前に進んだ。

「発達障害の子もいますから衝動コントロールが改善すればいじめは減ります」と言った時、時限爆弾がついに爆発した。

「現実とズレた話ばかりするな！　だから、いじめがなくならないんだよ、アホ！」

「アホとはなんですか、失礼じゃないか！」

司会者は困惑し「CMにいきましょう」とあわてて介入が入った。

あの番組以来、私がテレビに呼ばれることはなくなった。東和大学執行部から「品格がないメディア発言は本学の恥になる」と言われ減俸処分となり、その後の私の生活は転落と退廃に向かった。


再びウィスキーをグラスに注ぐ、コンビニで買った鮭の一切れを食べる。そしてまた一気に飲む。

――明日から自分は何をすれば良いのだろうか。仕事も無くなった。行きつけの店は閉まっている。何もやることがない。そうだ、暇つぶしになるわ。

スマホの電話履歴にある川崎の番号を押した。


「先ほどは失礼しました。診療がやっと終わりました。コロナうつとか患者が増えて大変なんです。川崎先生にはお世話になりました」と酔った勢いで適当に嘘を並べて話を合わせる。

「覚えていてくれてたんですね。良かった電話がもらえて……ああ、もっと早く連絡して、文子に会わせてあげたかった」と涙声になっている。

「大塚文子先生にもお世話になりました。母が亡くなった時には、ずいぶんと支えてもらったと思います。大塚先生を忘れたことは一度もありません」

――思い出したことが一度もないが事実であった。

「ちょうど明日、一ヶ月ぶりの休みが取れたんです。先生の都合がよければ、会いに行けますよ。コロナが心配ですが、外で会うなら大丈夫かと思います」

「私は、何も予定はありません。足が弱っていますので、息子に連れていってもらいます。場所はどこで……」

「S駅に一時でどうですか」

「ええ、大丈夫です」


目が覚めた時は九時を過ぎていた。川崎明子との約束を私は後悔していたが、行かねばなるまい。昨日来ていたシャツとジャケットに着替え、今年一回も着ていないチェスターフィールドコートをクローゼットから取り出し、いつも使っているビジネスバッグにコミックと文庫本を入れてマンションを出た。

新宿駅から湘南新宿ＬＩＮＥ高崎行きに乗った。グリーン車両には二人しか乗客がいなかった。大宮を過ぎたあたりで、車内販売員からハイボールを買った。マスクを外し、缶のプルトップを開けて一口飲む。ちょっとした小旅行だと思えばよい。

熊谷を過ぎたあたりから窓から山々が見え始める。西群馬の山並み、その向こうには秩父連山の頂が望めた。

否応なしに、遠くに置いていた辛い故郷の記憶が蘇ってくる。

幼い頃の私は編み物教室で教えていた母と二人で生活をしていたが、生徒が減って生計が成り立たなくなり、小学校入学と同時にN町にある祖父母のいる実家に戻った。祖父はそこで開業医をしていたが、不幸なことに祖母は私達が戻った翌年に脳卒中で他界した。祖母の死んだ後から、母は家で横になっている事が増え、食事も作れなくなった。一言も話さないで、ボンヤリと窓の外を眺めている姿ばかりが記憶に残っている。今から思えば母は精神疾患を発病していたのだと思う。

小学三年の冬だった。

玄関の土間に重なるように並んだ大人の靴、畳の上にあぐらをかいて俯いている祖父、制服を着た三人の警官、そして白い布をかぶって動かない母……。

記憶に残っているのはそれだけだ。

母が死んだ後、祖父は母の写真も本も洋服も何もかも焼いてしまった。母を思い出す材料が一切私の周りから消えた。祖父自身が娘の死に耐えられなかったのであろう。母を思いだす品々は家から消え去り、母の思い出は年を経る度に希薄になり、蜃気楼のような実態のないものに変わった。

祖父は私に家事を教えた。私は殆どのことが自分でやれるようになった。しかし中学生になると祖父の飲酒量が増えて患者も来なくなった。私は県内のトップ校に入学したが、昼はパンを買い、夜はスーパーで弁当を買って帰り家で食べた。祖父は昼間から酒を飲んで缶詰ばかりを食べていた。

高校二年の冬の寒い日に祖父は心筋梗塞で亡くなった。自分一人で飯は炊けたし、料理もできたので大学に入るまでは一人で生活することにした。隣に住む陽子《ようこ》の母親が夕食に誘ってくれたが、眩しい笑顔を見せる女子高生の陽子に羞恥心を感じるようになり断り続けた。

海の近くにあるというだけで東和大医学部を選んだ。祖父が残してくれた遺産で授業料も生活費も払えた。祖父は私のために質素な生活をしてくれていたのだ。六年間は勉強だけに集中し国家試験も合格して医者になった。

実家を管理していた叔母が亡くなると故郷を繋ぐ糸は完全に切れた。実家を解体処分して更地にして不動産屋に安い値段で売ってしまい、高村家の墓は永代供養にして自分から故郷を断ち切ったのである。研修医が終わると鎌倉育ちだった沙織と結婚した。

沙織と娘の雪菜と一緒に神奈川で過ごした二十年間は家族の温かさを体験し仕事も順調に進んだ。しかし大学を辞め、その一年後に妻が亡くなると生活は乱れていった。祖父のように飲酒量は増え、愛想を尽かした娘は家を出て行き、孤独な生活が再び私にやってきた。

電車はS駅に着いた。

駅前にはマスクをつけた小柄な老女が鞄つきのシルバーカートで自分を支えて立ってい

た。川崎明子である。品の良い中綿のフード付きの紺色のコートを着ている。その横にはトレンチコートにネクタイ姿の大柄な中年男性がグレーのマスクをして立っていた。後ろには群馬ナンバーの白いレクサスが停まっている。

彼女は頭を深々と下げて「高村先生、ありがとうございます、文子も喜びます。これは息子の洋一《よういち》です」と言った。

N町に向かう幹線道路に入った時に川崎洋一は話しかけてきた。

「大先輩に会えて光栄です。今や内科患者の何割かはメンタルですから精神科も結構勉強しています。先生の本はわかりやすくて勉強になりますよ」

洋一は、私の小学校の後輩だった。

「本当はいろいろ聞きたいこともあるんですが、車内は三密です。西光寺に着くまで我慢してください」と言った。

N町に入ると、電柱に結びつけられた県会議員候補「平沼たかし」の看板が目に入ってきた。その時、激しい動悸と吐き気がやってきた。

窓の外に顔を向け胸ポケットにある安定剤を取り出し、マスクを下げ口に放り込んだ。

あれは小学四年の夏だった。二学期の始業式の朝、教室に行くと平沼隆《ひらぬまたかし》と松下祐二《まつしたゆうじ》が近づいてきた。いつものように、ちょっかいを出しに来たのだ。隆は体が大きくわがままで、私も他の子ども達も距離をとっていた。隆の親が経営する土建会社に祐二の親が勤務していたのは皆知っていた。隆は私に近づいてくると、鼻をTシャツにつけて「おまえ、くさいぞ」と言った。

　母が亡くなってから自分で洗濯していたが、洗剤がなかったので、その日は三日間同じシャツを着ていた。隆を無視して離れようと思ったが。隣にいた祐二が「母ちゃんが死んじゃったから洗濯して、もらえねんだろう」と言った。祐二を無視して教室から出ようとした時に「おめえの母ちゃん、頭が変だったんだろ！」と他の子に聞こえるよう大きな声で言った。私は祐二のところに走り思い切り押し倒した。祐二は後ろに転がった。祐二は立ち上がり蹴ってきたので、私は顔面を思い切りぶん殴った。祐二の唇から血が出ている。今度は、横にいた隆が、私の首に腕を回し、横倒しにして、腹ばいになった私にまたがり、私の頭を床にギューギューと押しつけた。「ほれ、祐二、金玉蹴ってやれ」祐二が股間を蹴った。激痛が全身に走る。もう一回やられたら怪我をするかもしれない。その時、「先生、こっち」と言って竹内陽子《たけうちようこ》が大塚《おおつか》先生を連れてきた。こんな時、助けてくれるのは幼なじみの陽子だけだ。「何してるの！　やめなさい！」と大塚先生は言った。彼らは私を解放した。

　隆と祐二の行いは学校で問題になり、人前での派手ないじめはなくなったが、帰り道に石をなげられたり、つばを吐かれたりすることはしばらく続いた。私を守ってくれた大塚先生は五年生になった時に学校を去った。

嫌な思い出を忘れるために呼吸を整える。薬が効いてきて、うとうとしかけた時に声がした。

「高村先生、着きましたよ。ゆっくり、墓参りしていってください。本当は帰りに家に寄ってもらいたかったのですが、脳梗塞の父がいますので」

「私は寺で待ってるよ」と川崎明子は言った。

「先生、私も駐車場にいますから、ゆっくり拝んであげてください」

二人は、気を遣って私を一人にしてくれたのだろう。

大塚文子の墓の場所にいくと新しい卒塔婆がわきにある。墓標には曾祖父から名前が続いており、最後の列に「○○院○○□□大姉、俗名　大塚文子、七八歳、教師」とあった。

持ってきた花と線香をあげて、手を合わせた。

川崎明子は西光寺の柳の木の下のベンチに座っていた。十二月だったが暖かい日差しがあたり後光が差している様に見える。私は川崎先生の隣に座った。

「大塚先生はずっと教師だったのですね」

「いえ、実際に文子が教鞭に立ったのは四年間だけでした。高村先生が五年にあがる時に退職したんです。文子の家は両親二人とも高齢だったし、大塚家は本家で大きな農家だったから、一人娘を早く結婚させたかったんでしょう。見合いで婿をとり結婚したんですが二年で離婚してしまいました。子どももできなかった。その後は塾の教師をやったりして生活していましたが、父親の認知症が始まり、その後は母親が脳梗塞になり、四十代から二十年近くは、両親の介護を続けとりました。文子は五年前にがんになったんです。二年前に再発して転移が広がっていたので抗がん剤もやめてしまった。自宅で死にたいと言ったんで、息子が往診医になり、訪問診療を使い最後は家で亡くなりました。文子にとっては教員時代の子ども達との交流だけが生きがいでした。そういう意味では一生教師だったんです……」

決心したような顔になり、補助カートのバッグを開いて、ユニクロの袋を取り出し私に渡した。中身は流行のニットのセーターだと見当がついた。患者から貰うユニクロのお歳暮は、だいたい流行り物だ。「大切に使います」と言ってバッグにしまった。

「身体に悪いですから、そろそろ帰りましょう」

「お会いできてよかった。この再会は、文子への冥土の土産にします」

「いえいえ、川崎先生、長生きしてください。こちらに来た時に連絡しますから」私は彼女の歩調に合わせ駐車場まで歩いた。

「帰りは高崎駅でよいですか」と洋一は言ったが、道中、彼の話に付き合うのが面倒だったし、一人になりたい心境になっていた。

「久しぶりに町を歩いてみたくなったので、六丁目で降ろしてください」

「そうですか。通りには何もないですよ。気が変わったら送りますからここに電話をください」そう言って洋一は川崎医院院長と印刷されている名刺を私に渡した。

東西に伸びる通りは、シャッターの閉まった塗装の剥げた看板の店ばかりになっていた。通りのあちこちが更地になり商店街には蟲が食べたように穴が空いている。私の家があった場所は更地のままで「売り地」と書いた看板の北側遠方には、古びた鉄骨工場が見え、その先には赤城山が見えていた。北風を防ぐ家は減り、乾いた風が、通りに吹きこんでいた。陽子の父親がやっていた電気屋の看板は取り外され道路沿いの玄関は壁になっていた。更地とシャッターの閉まった店ばかりになった通りには、車も走っていない。

家があった場所で空を見ていると、アバターブルーのフィアットが走ってきて陽子の家の前で止まった。マスクをして降りてきた女性は赤いダウンジャケットを着て手には買い物袋を提げている。女性の後から幼い男の子が降りてきた。彼女は私に気づいた。マスクの上の二重の目で私を見つめている。その目が大きくなり、彼女は私に駆け寄ってきてマスクを外した。「コーちゃんでしょ、見てよ！　私よ！　陽子よ！」と興奮した声で話しかけてくる。

「陽子ちゃん？」

二重の大きな目、南野陽子と同じ場所にある黒子、確かに竹内陽子であった。

「そうよ！　誰が立っているのかと思ったわ。ああ、びっくり」

陽子は男の子に家の鍵を渡し「先に戻ってなさい」と言い、堰を切ったように話し始めた。

「コーちゃん元気だったの。私の旦那は五年前に突然亡くなってさ、去年、看護師やってる娘が離婚しちゃってさ、孫を連れて帰ってきちゃうし、殆ど毎日、孫の子守り。言うこときかなくて大変なのよね……もう、コーちゃんは家を出たきり帰ってこないし、突然、家が壊されちゃったし。あの時だって挨拶くらい来てもよかったのに、業者が連絡くれただけだしさ。淋しかったわよ。もう二度と会えないと思った。そしたら突然、テレビに出たじゃない。高村幸介は町中でヒーロー扱い。ま、コーちゃんにとっては、この町に良い思い出なんかないし、忘れたい場所だものね……」

陽子は私の反応を無視して、興奮したように一方的に自分の人生をベラベラと話してくる。気を遣わない陽子の態度は昔と同じで、私を安心させた。

「ねえ、家に寄らない。出戻りの娘は仕事でいないし、孫が一人いるだけだから寄ってよ」

「遠慮しておくよ、コロナも心配だしさ」

「ねえ、これ持って」と言って買い物袋を私に持たせると陽子は私の腕を摑んだ。私は強引に家に連れていかれた。歌舞伎町のぼったくりバー並みの勢いだ。玄関先には子ども用の三輪車が置いてあった。「こっちよ」と招かれた部屋は、以前に電気製品が陳列されていた場所であった。今はフローリングの洋風のリビングルームに改築されソファとテーブルが置かれていた。壁にはグラスが並んだ高級食器棚があり、この部屋だけが垢抜けていた。

「心配しないで。私ねＰＣＲ陰性なのよ。娘の病院でクラスターが出て先週検査したばかり、ラッキーでしょ」

書棚には写真があった。近づいてみると、若い陽子と陽子の夫、そして娘が写っている。

陽子の夫は日本人でなかった。

「旦那さん、どこの人だったの」

「ニューヨーク、群馬に連れてきちゃったのよ。私、群馬大卒業した後、四年留学してたの」

「さすがだ……」

「娘ができちゃったのでアメリカに残ると言ったら、父が一緒に連れて帰って来いと言ってきかなくてね、旦那も日本が好きだというのでやってきて、私と夫で子ども相手の英会話教室やってたの。今は私一人でやっていて、今日も仕事帰り」

陽子はテーブルを拭きながら答えた。

「コーちゃんもコート脱いでよ。マスクしなくて大丈夫。一緒にビールでも飲も」

私が酒飲みだという前提で、ビールのロング缶を二缶もってきて、前のソファに座った。マスクを外してダウンを脱いだ陽子はVネックのネイビー色のニットに、ブラウンのロングスカートで四十代に見える。大きな瞳に小顔の陽子は、田舎には似合わない垢抜けた印象があった。

陽子はロング缶のプルトップを開けて一気にごくごくと本当に美味そうにビールを飲む。対面飲み会への流れが一瞬で出来上がり、完全に陽子のペースで事が進んでいった。

十二月に入ってから歌舞伎町の馴染みの店が閉まり、対面で飲むのは一ヶ月ぶりだったので、気持ちが盛り上がってくるのを感じる。まあ、自分もコロナには感染してないだろう。

「そうそう！　コーちゃんをいじめていた平沼、セクハラで群馬新聞に報道され議員辞職するのよ。やっぱり親の七光りだけで議員になった奴は駄目ね。あいつ馬鹿だから継いだ会社も駄目にしてるし。所詮、駄目な奴は何歳になっても駄目よ」

「思い出したくもない名前だ」

「そうだよね。やめとこ。ところでコーちゃん、どこに住んでるの？　家族いるよね。奥さんは医者、看護婦？」

「妻は十三年前に亡くなった。娘が一人」

「なんだあ、男やもめじゃない、帰ってくればいいのに。でも無理かあ、コーちゃんって、大学の先生だったよね」

「もう大学は辞めて、新宿のクリニックに勤めてるんだ」

「それじゃ、家は豊洲のタワマンとか？」

「新宿だよ」

「新宿に住んでるんじゃ、もう田舎なんか忘れちゃうよね」

その通りであった。故郷を忘れ、孤独を癒すために歌舞伎町の喧噪に身を置いていたのだ。しかし、今、こうして幼なじみの家で飲んでいると暖かい空気に触れていた時代が戻ってくる。

「ところでコーちゃん何でここにいるん？」

「大塚先生の墓参りに来たんだ」

陽子はビールをまた一口飲む。

「そうだったん。私達、世話になったものね。退職した後も大塚先生、クラスの子に年に二〜三回は手紙をくれたのよ。年に一度は先生の家に集まっていた。コーちゃんの住所がわからなくて淋しかったと思うよ。私も葬式に行ったけど、小さな葬式だった」そう言って窓の外の私の家のあった空き地に視線を向けた。

「どうする次は、ウィスキーそれともワイン、日本酒もあるよ」

「ウィスキーだな」

陽子は、トリスに氷、グラスを持ってきて、ロックを二人分作った。

不思議であった。歌舞伎町で飲む高級ウィスキーよりも、陽子と飲む安いトリスの方が美味く感じる。

陽子は自分と同じ歳だと思うが、充分に色気が残っていて、新宿でバーでもやれば流行るに違いない。

「もし良かったら泊まっていかない、夫が使っていた二階の部屋に泊まれるわよ。この歳じゃ、もう男とか女とか関係ないでしょ。いいじゃない」

銀色のネックレスが光る陽子のVネックの胸元に視線が向く。

「いや、陽子ちゃんには色気があるから、わからんよ」

「それならそれでいいじゃない。非嫡出子の心配はないし、ははは」と冗談とも本気ともとれる答えが返ってくる。

その時、陽子の孫が走ってやってきて私の背中を手で強く押した。その勢いで缶ビールが倒れ、残っていたビールがこぼれた。

「晋太郎《しんたろう》、もー、だめじゃない、あっちにいってなさい」

「おじちゃん、遊ぼうよ」

「何してんのよ、ほら、エビせんあげるから、ママの部屋に行ってなさい」

晋太郎はエビせんの袋を持って走り出した。躓いて転んだが泣きもしないで、すぐに立って走って部屋に入っていった。

「ちょっと待っていて」と陽子は言って台拭きでテーブルを拭くと、台所に行きピザと、夕食のために作ったというハンバーグとシチューを持ってきた。家庭料理は妻が死んでから一回も味わってはいない。懐かしい味がした。

酔った陽子は、これまでの人生全部を私に伝えておきたいという勢いで、身の上話を続けた。私も妻が亡くなったことや娘と不仲になったことなど、これまで他人に話したことのないことを話し、幼なじみとの会話に時間を忘れた。

気がつくと窓の外は暗くなっていた。

陽子の家に泊まっていきたかったが、後が辛くなると思い嘘をついた。

「明日も朝から仕事があるから帰るよ。また、会いに来るよ」

仕事などなかったが嘘をついた。

「でも、この状況じゃ、いつ会えるかわからない……」

陽子の顔が真顔になった。何かを決心したらしく、私の目をじっと見て言った。

「やっぱり伝えておく。懐かしいものを見せてあげる」

陽子は奥の部屋に入り、風呂敷包みを持ってきた。

「これ、まだ持っていたのよ。コーちゃんのお母さんが、私とコーちゃんに編んでくれたお揃いのセーター」

私の前で子ども用のセーターを広げた。白い下地に手をつないだ男の子と女の子が刺繍されている。

それを見た時、忘れていた記憶の扉が開いた。

――そうだ。きっとそうだ。

ユニクロの袋をバッグから取り出す。袋の中の古いセーターは。陽子とのものと同じであった。

母が亡くなった直後、大塚文子先生のアパートで生活した一週間が走馬灯のように記憶の暗闇に浮かび上がってきた。

幼かった時代を覆っていた灰色の雲が割れ、陽光が輝き、暗雲の向こうに青い空が見え始めている。

あの時の一週間、学校から帰っても私は先生と一緒だった。本棚に並んだ沢山の本、窓際に置かれた鉢植えの花、台所にある外国食器、ベランダの吊されたシャツ、断片的なイメージが一つにまとまり始め輪郭を持って蘇ってくる。

「コーちゃん。そのセーターね、一ヶ月も着ているし、汚れているから先生がクリーニングにだしてあげるよ」

「嫌だ、これは、お母さんのだから」

「綺麗にしたら、ちゃんと返すと約束するね」

勉強を教える先生の横顔、食卓のカレーライス、アパートの前で見た星空、初めて行った大きな本屋、先生が留学していた外国の写真……。

母が亡くなった後の一週間、先生といつも一緒だった一週間……そんな大切なことを私は忘れていた。きっと、先生は私の気持ちを尊重し、辛い思い出になるセーターを私が成人するまで預かっていたのだ。

セーターをたたみ直すために、両手で持って目の前に掲げた時、小さなメモ用紙がふわりと落ちた。

陽子が拾い、メモを読む。顔を上げた陽子の目には涙が滲んでいる。

「……これ、コーちゃんが書いたんだよ」

手渡されたメモには、鉛筆で書いた子どもの文字があった。

『せんせいは、ぼくのおかあさんです』

母に代わる人が、会えない教え子をずっと心に置いたまま、この町で一生を送った。そう思えた時、暖かい風が心に吹き込んでくるのを、私は確かに感じた。

第五章　湘南海浜病院

　コロナで経営が悪化したメンタルクリニックを解雇されてから半年が経っていた。仕事を失った私は貯金を削りながら昼間から思い出横丁の岐阜屋で酒を飲んでいる。

　カウンター席の一番奥に座り、客の減った店内を見回す。店長の信ちゃんはいなくなり、馴染みの客は殆ど店に来なくなってしまった。店の外にある暖房熱を逃がさないためについているビニールの透明シートの向こうを歩く人も少ない。

　――皆どうしているのだろう
　コソボ紛争で死にかけた戦場カメラマン、二丁目のおかまのヤマさん、歌舞伎町のシングルマザーの愛さんとも一年以上会っていない。

「カクさん、信ちゃんの墓はどこにあるんだい？」

「オレ、そんなの、わからないよ。今度、聞いとくよ」と辿々《たどたど》しい日本語で答える。

　中国から帰化した弟子のカクさんが料理した木耳卵が皿に盛られて出てきた。黒い木耳と黄色い卵で味も色も上手く絡みあっている。一口食べて酎ハイを口にする。信ちゃんの味に最も近いのがカクさんの料理だと思っているのは私だけでないはずだ。

「クリニックをクビになったよ」

「センセイならどこでもカネ入るよ」

「アル中だから、雇ってくれる場所なんかないよ。おかわり」

酎ハイグラスを差し出した時、胸ポケットに入れてあるスマホの着信音にしている宇多田ヒカルのステイゴールドが鳴り出した。画面を見ると「田中剛」と出ている。

──クリニックに戻ってきてほしいという話だな。

「よお田中、いつでも戻るぜ」

「その話ではありません。朝から飲んでるんですか。アル中じゃないですか、困りますねえ」

諭すような後輩の声を聞いて一気に不快感が湧き上がった。

「うるせえ。お前がクビにしたからだよ。で、用事はなんだよ」

「湘南海浜病院が精神保健指定医と学会指導医を募集しています。僕らが最初に研修した海の見える病院です。先生がその気なら理事長に連絡します。あそこなら先生の酒量も減りますからね」

「あの病院には辛い思い出しかないから、俺は行かねえよ」

「ああ、あの事ですか。もう三十年も前ですよ。先生を責める人はいません。第一、先生の責任じゃないでしょう。三月が小坂《こさか》先生の十三回忌でしたよね。あの病院、今は医者も看護師もすっかり入れ代わっています」

午前十一時だが、酎ハイグラスの中の檸檬の輪切りは五枚になっていた。

——もう五杯も飲んだのか。

「今日はこれから寝るから明日連絡くれよ。お前も知ってるだろ、信ちゃんが死んだんだよ」

「ええ患者から聞きました。突然死だったみたいですね」

信ちゃんが、新宿のマンションで孤独死したことを知ったのは一ヶ月前だ。

あれ以来、毎日朝から飲んでいる。毎日、店で飲んでいれば奥から顔を出して「よお、先生」と言って酎ハイグラスを差し出してくれるのではないかと思う。信ちゃんがいなくなったことが未だに受け入れられない。口髭、坊主頭、笑顔には、もう二度と会えない。妻が亡くなった時には「これから、どうやって生きたらいいのかわからない」と嘆くと「娘のためにも頑張れよ、まだカネがかかるんだろ」と慰められ、がんから生還して酒が解禁になった日には「快気祝い」だと金を受け取らなかった。スマホに保存してある信ちゃんと一緒にとった記念写真をボンヤリ眺めていると、思い出が降りてきた。

——湘南海浜病院ねえ、そうか！　小坂院長だった。

二十年以上変わらない岐阜屋のメニューを見ながら。最初にこの店に来たことが思い出されてきた。「湘南海浜病院」という田中の言った言葉が、普段忘れている記憶を想起させたのである。最初に誰と来たのか何度考えても思い出せない理由もわかった。あの時の体験と結びついて抑圧されていたからだ。

最初に岐阜屋に私を連れてきたのは、研修医時代に勤務していた湘南海浜病院院長の小坂二郎《じろう》である。小坂院長は先代店長と同郷で懇意だが、先代が亡くなり後を引きうけた当時三十代だった信ちゃんに私を紹介してくれた。私が母子家庭で育ち、母が自殺したことなどの生い立ちを院長に語ると、院長は息子のように私を思ってくれたのか、毎週のように飲みに誘ってくれたのだ。院長はそれほど飲まなかったが、銀座のバーから岐阜屋まで、あらゆる種類の店に私は連れて行ってもらった。思えば院長から大人の男の酒の飲み方を学んだようなものだ。

岐阜屋で院長が言っていた言葉が思い出される。

「高村君、外来に突然来なくなる患者がいる。三つの可能性がある。一つは良くなってしまって精神科医など不要になった人、二つ目は自分に合う医者を見つけて無断で転院した人、この二つはいいんだよ。三つ目は自殺だ、来なくなった者にはそういう可能性を考えておくことだ」

「でも、二度と来ないのだから理由はわかりませんよね」とズレたことを言っても「いいんだよ、そういう気持ちでいるということが大切なんだ」と院長は怒ることなく、話をしてくれた。

店内の壁にかかっている黄色い札に書かれたメニューの名前、ラーメン、味噌ラーメン、固焼きそば、木耳卵、肉野菜炒め……厨房の中の大きな中華鍋、弟子のカクさんの鍋さばき、カウンターに座る客達。全てを記憶に留めておこうと思いながら、私は六杯目の酎ハイを飲み干して、空になった三枚の皿をカウンター前の付け台に置いた。

――神奈川に戻ろう。

「カクさん、これで信ちゃんの墓に花でもあげてくれ」と言って、一万円札三枚を渡して店を出た。

翌日、田中に連絡を入れるとすぐに湘南海浜病院から電話が入った。

「理事長の小林《こばやし》といいます。高村先生がうちに来てくれるのは大変に光栄です。若い先生の刺激になります。年俸は院長並みに出しますしボーナスも出します。先生が来てくれるならば副院長格です。そのように矢部《やべ》病院長にも伝えます。なにとぞ前向きにお考え下さい」

三十年近く前、精神保健指定医資格をとるために研修医三年目に最初に勤務した精神科病院が、平塚市の高台にある湘南海浜病院だった。勤務して二年後に同門の田中剛がやってきた。

田中は研修医修了後も湘南海浜病院に五年勤務して、三十五歳で新宿歌舞伎町に開業した。私は大学院に入り博士号を取り、新書を二冊、専門書を五冊書き、十本の英語論文を書いて四十歳で講師に昇格した。あの時代の私は恐いモノ知らずだった。学部長に精神科病棟増築、緩和ケア病院への精神科医派遣、現任教授と製薬会社との利益相反取引を訴えるなど、若さと勢いだけ生きていた時代だ。母校とはいえ組織に逆らう者が教授選に勝てるわけはない。絶対に勝つと思っていたが、業績数が半分しかない帝都大の精神薬理学准教授との教授選で完敗すると、運が尽きたように私の人生は退廃へと傾斜した。妻の沙織が白血病で亡くなると退廃ベルトコンベアは更に加速した。二日酔いのため無断で大学を欠勤することも増えた。娘がろくでもない男を連れてきて大げんかになり、娘が家を出て行った後、私は何もかも忘れようと大学病院を辞めて神奈川を出ることを決めたのであった。

噂はすぐに広がる。退職を聞きつけた田中は週三日だけ勤務してくれればよいと私を雇ったのである。新宿のネオンや喧噪は私の孤独を幾分癒やしてくれたが、酒浸りの生活は変わらなかった。

妻の墓参りの日、偶然に娘の雪菜と厚木のバーで再会し、その後から娘とのＬＩＮＥが繋がった。仲が良いのか悪いのかわからないような奇妙な関係はお互いが似たもの同士だからと今では思っている。開業医の雪菜からは「九十歳の幻覚妄想に使える薬は何？」「パロキセチンで太るのって本当？」といったメッセージが入ったりする。「飲みに行かないか」とこちらが誘うと「精神科みたいに暇じゃない」と断られる時もあれば、「新宿にいるからゴールデン街で飲まない」なんて一方的な誘いがくることもある。

「春に神奈川に引っ越す」と雪菜にＬＩＮＥを入れると「引っ越し先の住所だけ教えておいて」と淡泊な返事が返ってきた。

湘南海浜病院で体験した心の傷は無くなったわけではない。

当時、私は三十歳で、妻の沙織がまだ看護師として勤務し、娘が小学一年生の時だったと思う。私は一人のシングルマザーの担当になった。真鍋百合花《まなべゆりか》という二十代の女性は、五歳になる美桜里《みおり》という子がいる境界性パーソナリティの患者だ。小学生の時に両親は離婚、継父からの性的虐待、高校時代に母親は自殺、その後は風俗店やキャバクラに勤め頻回にリストカットや処方薬の大量摂取があった。キャバ嬢時代に付き合った医学生の子どもを妊娠、その両親から多額の手切れ金が支払われ「息子には二度と会わないこと」という誓約書を書かされて美桜里を産んだ。娘のことは一切口外しない」という誓約書を書かされて美桜里を産んだ。

「こういう患者は高村にお願いするよ」と病院を辞める先輩医師から引き継いだのである。研修医の時から、治療難易度の高い患者の主治医にさせられた。あの頃の私は精神療法研修のために一回四十五分は面接していた。母親が自殺した私の体験が、彼女の体験や孤独と何処かで重なっていたのであろう。

毎週、土曜日の午後、百合花は美桜里を連れてやってきた。美桜里は待合室にいると不安になるので、いつも面接場面に一緒にいた。面接室の三人は親子のような感じになっていく。

美桜里は快活で元気な子だった。肩まで伸びた黒髪、瞳の大きい二重の目、日に焼けた肌、白いワンピースの美桜里が「センセイ、遊ぼうよ」とせがむと、私は抱いている態のぬいぐるみを受け取り「美桜里ちゃん、ご飯食べて、よく寝るんだよ」と言ってあげたりした。熊のぬいぐるみは、私が美桜里の誕生日にプレゼントしたものだ。

治療関係が深まると依存性が増えるのが境界性パーソナリティである。「週に二回診てほしい」と要求したり、病院が終わっても駐車場の私の車の前で親子二人で待っているなど行動化はエスカレートした。夜が遅かった時、一度だけ駅まで親子を車に乗せて送ったら、その後から毎回のように駐車場に親子が手をつないで待っているようになった。先輩医師から「行動化に付き合うのはいけない」と指導されたので百合花の懇願を無視したら、その日の深夜には大量服薬で救命センターに運ばれるといった状態になった。

治療が始まり一年経ったが百合花の行動化は収まらない。私が病院にいる日には必ず電話をかけてくるので事務方からは少々迷惑がられていた。辟易した気持ちが百合花に少しでも伝わると「先生が私を捨てたら、死ぬからね」「捨てないけどさ、電話回数を減らして欲しいんだ」「先生は、いつかは私を捨てる気がする」「捨てないよ」「じゃあ、逃げないように結婚してよ」「それと、これとは話は別だろう」といった調子だ。

月に一回は救命センターから電話が入った。「また真鍋百合花さんの大量服薬です。高村先生を呼んで欲しいと騒いでいますので大学病院まで来て下さい」

出身大学の先輩医師達に迷惑をかけることは出来ない。救命センターに行くと、待合室には娘が婦警と一緒に座っている。「先生！」と美桜里が私のところに走ってきて胸に顔を埋めた。

胃洗浄をしてベッドに横たわる百合花の傍に行き美桜里と一緒に座る。目を瞑り静かに寝ている母親の手を美桜里が触る。「お母さんは大丈夫だからね」と私は美桜里の手を握る。そんなことが何回も繰り返されていた。

あの日は台風が接近していて横殴りの雨が医局の窓にバシッバシッと音をたて窓の向こうの海には、大きな波が立っていた。

幻覚妄想状態の薬物中毒患者を措置入院させ隔離した後だったので私は酷く疲れていた。しかも当直であった。午後十時に「認知症の親が興奮している」と電話が入ったり、昼間に入院させた患者が隔離室で頭を壁にぶつけて流血しているから処置して欲しいと連絡が入り、男性看護師の助けを借りて鎮静剤を打って傷を縫合するなど、高村の疲労度はピークで医局の机につっぷしたまま眠っていた。「高村先生、また電話です」と事務当直から連絡が入る。午前二時だった。

「先生……、先生に会いたい。もう死にたい」

電話の声は百合花である。しかも酔っている。

「どうしたんだ」

「……あいつに女がいたの」

「あのなあ！　あなたは女だけども、美桜里の母親でもあるんだよ、しっかりしなよ」

「ねえ、私と結婚して美桜里のお父さんになって」

「無理なんだよ。何度も言わせるなよ！」

「もう生きていけない、私はやっぱり一人ぼっち。美桜里、ママと死んでね」

百合花はそばにいる美桜里に話しかけている。

疲れていた高村の気持ちは爆発した。

「あのね、死ぬなら一人でやれよ。美桜里を道連れにするなよな」

「ツー、ツー」と電話は切れた。

その後から百合花からの電話は一切来なくなった。心配はしていたが自分から電話をするのも百合花の操作性に乗ることになるので出来なかった。

日々の多忙さに追われて土曜日になった。外来終了時間まで待ったが百合花は来なかった。

翌週の月曜日に病院に行くと警察官が待合室に二人立っていた。院長が言った「三つ目は自殺だ」という言葉が頭によぎった。

日曜日に百合花の溺死体が相模川で発見され、財布に入っていた診察券からここの患者だと知ったのだという。これから大学病院で検死に入るというが、最近の治療状況を聞きたいとのことで警察は病院を訪ねてきたのだ。私はこれまでの診療内容を伝えた。「一人娘も先生の患者だったようですが、どうしたらよいですか」と大柄で太った婦警が困った表情で言う。

「美桜里ちゃんは無事だったんですね」

「家に一人でいるところを保護しました」

「もう私の出る幕はありません、児相で保護してもらってください」と伝えた。私は美桜里からも逃げたのだ。

医局に戻るとベッドで目を閉じている百合花の顔、忘れていた母の死顔がフラッシュバックしてきて、激しいパニック発作が生じた。激しい後悔の念と罪悪感が、荒れ狂う波のように私を襲っていた。体調不良を理由に私は午前で早退したが、美桜里のことが気になってしかたがない。私は車を走らせ美桜里が保護されている児童養護施設に向かった。

若い男性職員に名刺を出して「美桜里はどこですか」と言うと「あの部屋にいます」と彼は廊下の反対側の部屋を指さした。

部屋のドアを開けると、子どもが四人程いる部屋の隅で膝を抱えている小さな少女が目に入った。「美桜里ちゃん」と声をかける。美桜里はビックリした顔で私を見上げた。敵意に満ちた睨むような視線を私に向け「みんな、この人がママを殺した人殺しよ！　助けてえ！」と大声で泣き出した。

「……」

「ママを返せ！　ママに死ねっていったんだよ！　センセイが、殺したんだ！」

高村の呼吸は荒くなり目眩と動悸が始まった。

「ごめんな」

俯いて頭を下げる。

「ママを返せってば、人殺し」

美桜里は私の腹を何度も何度も叩いている。大声を聞いた職員が三人ほどやってきて「美桜里ちゃんを刺激するので、ここに先生は二度と来ないで下さい」と言った。その視線には明らかに敵意が宿っていた。「殺人犯」のような気持ちにさせられた私は施設を後にした。

その日から私の精神状態は不安定になった。

「百合花を殺したのは自分だ、精神科医でも医師でもない。自分は殺人者だ」と私は自分を責める。夜になると母の顔と真由美の顔が交錯して浮かぶようになり自分を責めたててくる。母親を殺したのも自分ではないか、もう自分が死んで償うしかない……とまで罪悪感は肥大化していた。

今から考えれば、当時の私は「うつ状態」であったのであろう。そして百合花には母親転移を向けていたのであろう。しかし喪失の渦中では自己分析する余裕などはなかった。私は三ヶ月程休養をもらった後、湘南海浜病院を退職した。病院長の配慮で規定の研修期間を終了した許可をもらい研修医は終わった。

病気療養中、私は伊香保温泉に行った記憶だけがボンヤリあるが、それ以外の記憶は抜けている。研修医が終わると私は大学院に入った。あれだけ世話になった小坂院長には挨拶もしなかった。いや出来なかった。

私には辛かった思春期・青年期の経験もあった。また美桜里のような子を救いたいという思いもあり児童精神科医を目指したのだが、その自信は全くなくなってしまい異分野の老年精神医学研究に方向転換した。

三十年の間、美桜里を思い出すことがなかったわけではない。

ふとしたきっかけで美桜里は蘇った。

先月も東海道線の電車の中で幼い娘を連れた母親を見た時には鼓動が速くなり、美桜里のことが頭をかけ巡りだした。

あの後、美桜里はどんな人生を送ったのか。学校には行けたのだろうか。リストカットなどしていたのではないか。生きているのか。生きていれば三十五歳になっているはずだ。祖母も母も自殺しているので自殺の危険性は高い。母親に同一化して横浜や新宿界隈で風俗嬢やキャバ嬢でもやっているのだろうか。ああ美桜里、何をしていても生きていればよい。とにかくどこかで生きていて欲しい

あの日の記憶に捕まると私の頭は美桜里への思いでいっぱいになった。

フロントガラスの向こうには、春の太陽の光を眩しく乱反射させている湘南の海原が一面に広がっている。小田原駅間で借りたレンタカーのパワーウィンドーのスイッチを押して、運転席の両側の窓を全開にして海風と匂いを身体全体で感じる。

キラキラと光る海面の右前方には江の島が、その後ろには房総半島の影が見えていた。西湘バイパスを降りて最初の交差点で左折して、北方に向かって走っていくと小高い山があり、そのてっぺんに見晴らしの良い寺が立っていて、その寺の墓園に小坂二郎は眠っていた。小坂二郎の最後の顔が心に浮かぶ。

湘南海浜病院を辞めて十年くらい経った時、私は小坂二郎に再会した。

私の学会賞受賞講演会の会場に杖をついて痩せた小坂二郎がやってきたのだ。もう小坂先生は現役を引退し、二年前に妻に先立たれ、息子夫婦と一緒に住んでいた。

講演を終えた後、すぐに壇上から下りて会場の一番前の席に座っている小坂のもとに駆け寄った。

「小坂先生、今日はありがとうございます」

「高村君、立派になって本当によかった。人生最後に君に会いたくてね……」

「その節はご迷惑をおかけしました、本当に申し訳ありません」と私は頭を下げた。

「いいんだ、いいんだ。もう昔話だ。私も九十歳、老兵は死にゆくのみだ」

「先生、老兵は死なずです。これからもお元気でいてください」といって小坂先生の手を両手で握った。痩せた細い手の感触は今でも残っている。

再会して三ヶ月後に小坂二郎は亡くなった。私は国際学会と重なり葬儀にも行けなかった。

今日、三月十四日は小坂院長の命日である。一度は墓参りに行かねばと思い田中から墓の場所だけは聞いていたが、酒浸りの体たらくな生活では、ここまで来る気力は出なかった。

小坂院長が眠る墓地は満開の桜の木々に囲まれていた

駐車場にレンタカーを入れて外に出て潮の匂いを含んだ空気を吸い込む。寺の脇にある桜の花びらが舞う坂道を上りきると小坂家の墓がある墓地になる。墓地からはキラキラ光る相模湾が見えた。途中のスーパーマーケットで買ったピンクと白い花と線香を持って墓の前にしゃがんだ。花を添えてライターで線香に火をつけて手を合わせる。

——また、湘南海浜病院でお世話になります。

坂の上の墓地には木製のベンチがあり湘南の海が眼前に広がる。左手には江の島、右手には伊豆半島が続いている。この地に勤務していた頃の思い出が、春の潮風に吹かれ桜の花びらのように舞い降りてきた。

小坂二郎が戦友の開院した湘南海浜病院を引き継いだ時は七十五歳だった。親友が亡くなり、米国に留学している息子が戻るまでの一年間という約束で勤務したが、息子はカリフォルニア大学教授になり、小坂二郎は息子に代わって病院長を預かることになった。小坂二郎は、なんでもかんでも預かる人であった。あの時も「美桜里という子には私が対応しておくから心配するな。ゆっくり休みなさい」と言ってくれた。

その後の人生。私は他人に尻拭いさせる教授や上司に会う度、小坂院長の気概、懐の深さを思い出した。私の中に父性として精神科医小坂二郎は存在している。

――小坂先生、また来ます。

坂を下り始めると、一人の女性が坂を上がってくる。目の大きなハッキリとしたスタイリッシュな女性だ。長い髪が風に揺れている。墓参りに行くことは手に持っている花束から、すぐにわかった。

――両親の墓参りなのだろうか。いやあの年齢なら祖父母かもしれない。

強い海風が吹いてきて桜の花びらが再び舞いはじめた。

少し坂道を下り後ろを振り返ると、花びらが舞い散る桜の木の下に女性の後ろ姿が見えた。

「医師免許だけ持って病院に来てくれれば良いです」と事務長が言っていたので、院長の墓参りの後は引っ越しや車の購入などで時間を潰していた。

四月一日、新しく借りた厚木のマンションを出発し一二九号線を南下し湘南道路を経由して湘南海浜病院を目指した。新館の奥の職員駐車場には医師高村という看板のある駐車スペースも確保されている。かなりの歓迎ぶりだ。

今の病院長は大学の後輩の矢部で、一年前に赴任していた。研修時代に私が世話をした。有能な精神療法医になっているのは知っていた。「また、いろいろと教えてください」と矢部は私に声をかけながら五階にある医局に案内した。

「この景色、懐かしいなあ」

「新館を建てても医局の場所だけは以前と変えてませんからね」

窓から見える湘南の海は三十年前と変わらない。

若い医者が三人やってきて「よろしく、お願いします」と頭を下げる。「こちらこそよろしく」と答える。

「先生の部屋は隣です」と矢部は私を副院長室に連れていく。ドアには「副病院長高村幸介」というプレートが既についていた。

「高村先生、ここが先生の部屋です。デスクと本棚も新しいモノを入れました。先生のパソコンはＭａｃと覚えていましたので、それも入ってます。今日は初日なので、ゆっくりしていってください」と言って矢部は出ていった。「おいみんな、病院に活気が戻るぞ！」と医局員と話す矢部の声が部屋の外から聞こえてきた。

私は持ってきた小坂二郎の写真を机の上に置く。

――小坂先生、この病院にまた戻ってきました。

穏やかにキラキラ光る春の海原を見て感慨に耽っていた時だ。

トントンとドアを遠慮がちにノックする音がした。

「どうぞ」と言ってドアを開けると看護師が立っている。その顔は、どこか見覚えがあった。

ドアを開けたまま、看護師を部屋にいれた。

髪をアップしているので最初はわからなかったが、寺であった女性ではないかと思った。そして忘れていた記憶の断片が繋がり始めた。

——彼女が何でここに居るんだ。

処理できない感情の波が遥か水平線の彼方に立ち上がる。

「お帰りなさい」といって彼女はマスクを外した。瞳は涙で一杯だ。涙は溢れ一筋の線となり頬を流れる。

「高村先生、美桜里です」

彼女は胸の『看護師　小坂美桜里』というネームプレートを私に見せた。

「そうだったんだ」

「……うん」

「良かった、本当に良かった」

三十年前に置いてきた感情の波が目の前までやって来た。それは懐かしく暖かい。

「ずっと先生に会いたかった。ずっと私、先生を待っていた」

私は美桜里を優しく抱き寄せた。美桜里はあの時の少女のように私の胸に顔を埋め「先生、先生」と言って泣いている。私は美織の頭を撫でる。

窓の向こうには、暖かい春の海がキラキラと輝いていた。

第六章　伝説の精神科医

カンファレンスルームの窓から見えるインディゴブルーの海面に波光は輝き、初夏の真っ青な空には白い雲が三つ浮かんでいる。まるでマーク・ロスコの絵の様だ。部屋にはまだ誰も来ていない。私は窓際の壁に飾られている先代の小坂病院長の遺影に手を合わせた。優しい眼差しを見る度に、祖父を重ね合わせていた研修医の頃を思い出す。

歌舞伎町で開業する田中から紹介された湘南海浜病院に勤務して、四ヶ月がたち仕事にもだいぶ慣れてきた。病院から私に任された仕事はパーソナリティ障害患者への精神分析療法と、若い医師と中堅看護師や臨床心理師への精神療法研修であった。

熱心な若手医師や精神分析に関心があるスタッフが、週に二回行う私のスーパーヴィジョンに参加した。スーパーヴィジョンとは精神療法研修の一環で、自分が担当する事例について毎回、治療者側に生ずる感情なども含め、内省と研鑽を促す伝統的な研修法である。

スーパーヴィジョンに加え、病院で必須となっている月に一回の事例検討会にも参加していた。今日がその日である。

机上に積まれた事例検討会の資料を持って海側の席に座った。資料をパラパラとめくると「自分は優秀です」と誇示するような教科書的で模範的な書き方がしてある。

『患者名　宍戸洋介《ししどようすけ》、五十五歳、独身。症状発現は二年前、管理職への昇格がコロナ不況で見送られ、その後より酒量が増え、会社に行けなくなった。初診時所見：意識清明、中等度の抑うつ気分があり、幻聴や幻視といった知覚障害はない、被害妄想はないが思考内容は悲観的であり抑制的、睡眠障害のタイプは早朝覚醒……以上から国際精神疾患分類に基づきうつ病と判断する』

症状記載と診断基準のチェックに二頁が費やされている。

息苦しい気分になってきた私はマスクを外した。

資料の最後の頁には検討項目が記載され「慢性うつ状態とアルコール依存、希死念慮が出てきたため任意入院した。電気けいれん療法の適応があるか検討していただきたい」と書かれている。

つまらない内容だと思い、海に目をやると、波光は消え、小さかった雲は入道雲のように大きく育ち太陽は隠れていた。

若い精神科医のカルテは以前にも増して貧相になったと感じる。三十年近い薬物療法の隆盛で、詳細な家族関係や生活歴は必要がないと思う精神科医は増えていた。この資料にも私の関心を引くような記載はなかった。資料を机の上に放りなげ、不快な気持ちを収めるために、室内シューズの両足をテーブルの上に載せ、白衣のポケットからスマホを取り出した。ネットニュースで読み始めた大谷翔平速報には二打席連続ホームランという記事と彼の明るい笑顔が出ていて、曇った気持ちは幾分晴れてきた。パンデミックにウクライナ侵略とろくでもない毎日、ショータイムだけ明るくなれる時だ。良い気分になっていた所に娘の雪菜からＬＩＮＥのメッセージが入った。

——また抗うつ剤の質問かよ。

「お父さんに話したいことがあります。今日、会えないでしょうか」と書いてある。それを読んだ直後から動悸が始まった。

雪菜の方から誘いがある時は決まって男か金の話だ。五年前に連れてきた美容形成外科医の男との一件が蘇り、心臓がバクバクし始めた。殴ってしまった男の親から前歯三本に対して一千万円の損害賠償を支払わされた苦い記憶である。

席を立ち、窓に見える海を見て呼吸を整えようとするが、一向に動悸は収まらない。

——あれがあったはずだ。

ポケットの中をまさぐり安定剤を探すが見つからない。その時、ドタドタと足音が近づいてきた。急いでマスクをつけ平静を装う。若い医者を四人を連れて病院長の矢部が入ってきた。三人の看護師が後に続き、その一人は小坂美桜里である。心理師、ソーシャルワーカーとやってきて、ロの字型に並べられたカンファレンステーブルの椅子の殆どが埋まった。銀縁眼鏡で半袖シャツにネクタイの矢部が口を開く。

「高村先生もいらしていています。さっそく始めましょう」

——やばい、パニック発作になりそうだ。

「矢部、いや病院長、ちょっと待ってください。手帳をとってきます」と言い、廊下を走り自分の部屋に戻った。机の引き出しを開け安定剤を捜す。必ず引き出しのどこかに転がっているはずだ。しかし、いつもある安定剤が見当たらない。

――どこにあるんだ。どこだ。

薬物中毒患者のように引き出しの中を漁る。焦りが動悸を更に高める。胸まで痛くなってきた。机の下に転がっていた一錠を探し出し、口に放り込んだ。

――これで大丈夫だ。

カンファレンスルームに戻ると、矢部は「大丈夫ですか、顔色が悪いですよ」と言い、隣に座っている美桜里は「また発作？」と背中をさすってくれる。「大丈夫だよ」と私は美桜里の手をどけた。

「それでは始めましょう。平岡《ひらおか》先生お願いします」

矢部が切り出すと、ロン毛を頭の後ろで縛った日に焼けた筋肉質で背の高い医者が資料を持って立ち上がった。年齢は他の研修医より上だろう四十代くらいに見える。精神科医というよりはサーファーという感じで、白衣の下は黒いTシャツだ。

「資料の通りです。患者は一人暮らし、外来には不定期に来院し服薬コンプライアンスも悪いです。アルコール依存もありますし、治療意欲がありません。服薬管理する家族もいません。本人の希望でしたので入院させました。思考抑制が強く、会話が殆どありません。ECTが適応ではないでしょうか」と淡々と話しはじめた。

サーファーはセロトニンだのノルアドレナリンだの脳内物質の話を学生に話すように続ける。

——眠くなってきた。


縁側の向こうには松の木が見えている。私の横で母は何も言わずに座っている。「ねえ母さん、どうして何も言わないの」と小学生の私は母を見上げる。母は自分を見て少しだけ笑う。そして視線を遠い空にもどしてしまう。母の横で祖父から買ってもらったファーブル昆虫記を読みはじめる。「眠くなった」と母にもたれかかる。母の匂いに自分が包まれていく……。


ツンツンと脇腹を肘で突かれた感触で現実に帰った。頭をもたれていたのは美桜里の肩である。

「タカムラ先生、質問ですよ」と隣の美桜里が耳元で囁く。

「お疲れのところすみません。高村先生はどう思いますか」と矢部が意見を求めてきた。

「いやあ、大変な事例ですねえ」とズレたこと言い「この人の家族はどうなってました」と適当に質問する。

「一人暮らしです」とサーファーは強い口調で答える。

居眠りされたことに怒っているのだろう。

「生まれはどこで、親はどこにいて、いつ亡くなったとか、そういう心の家族はどうなっているんだ」と質問する。

「どうかな？」と矢部が言うと「そこまでは聞いてません、聞く必要はありません」とサーファーが答える。

「家族関係は症状にも影響するので聞いた方が良いな」と私が語調強く言うと、「お言葉ですが、この人の症状に家族は影響していないと思います。部長への昇格が出来ずにうつ状態になっているのです」と言い切る。

「それだけが原因と、どうして断言出来る」

　自分が大切にしてきた専門性を否定された気持ちがして私の心に怒りが立ち上がる。

「うつ病はセロトニン低下が原因とされています。それを上げれば、原因なんか何でもいいんじゃないですか」

「症状を把握して薬だすだけならＡＩでも出来る」

「深入りすると嫌な記憶が蘇り症状が悪化すると聞いています。患者が何も語らないのですから無理です」

「それは深入りの方法が下手な医者の意見だよ。話したくない医者に、患者は何も話さない」

「他の先生やスタッフはどう思っている」と矢部が参加者を見回す。若い医師達は何も答えないで下を向いたままだ。スマホをいじっている女医もいる。

——これじゃ事例検討にならない。

そろそろ終わりにしてくれと思っていた時、美桜里が手を挙げた。

「私、当直の時にこの人と話をしました。宮城で生まれて、ずっと母親に仕送りしてたんです。母親がコロナ感染で亡くなった時に宮城に戻ったんですが、死顔すら見られなかったと言っていました」

「小坂さん、そういう情報は事前に伝えてください。この場で言うのは失礼です」とサーファーの攻撃が美桜里に向かう。

「カルテに記載してあります。家族図も見れます」

「サーフィンばかりやってないで、看護記録も読みなさい」と矢部が言う。三〇分程の貧相な事例検討は終わった。サーファーは逃げ出すようにカンファレンスルームから出て行った。

矢部が私のところにやってきて話しかける。

「生意気な奴ですみません。他科よりも精神科の方が楽だと思って希望する医者が増えました。彼も以前は内科医だったんですよ。彼は海に近いというだけで精神科研究で就職してたんです。病院も医者不足、お許しください」

「いいんだよ、自分の意見が言える方がいい。黙ったままの医者よりマシだ。資料もしっかり作ってた」

「先輩からの一発は効いたとおもいます」

「違うよ、小坂さんの意見の方が響いている」

「先代の娘さんだけあって彼女は切れます。何よりも患者思いで勉強家です。若い医者より知識も面接技術もある」

矢部は、美桜里の母が自殺した過去も、美桜里と母親が私の患者だったことも、彼女が小坂二郎先代院長の養女だったことも知らない。

五時半の玄関では帰宅を急ぐ職員が「お疲れ様」の声を掛け合っている。私は職員駐車場に向かった。朝には気づかなかったサーフボードを載せた古いフォルクスワーゲンの横にサーファーがいた。私に向かって丁寧に頭を下げている。

――美桜里の言葉が響いたのだろう。


雪菜と飲むのはＢａｒアマロで再会した時以来だから四年ぶりである。

「店を決めておいて」というので、私は安いホルモン焼き屋にした。かしこまった場所で男の話でもされたら、キレてしまう。ホルモン酒場という、妻の沙織が生きていた頃、親子三人でよく行った七輪炭火焼きの古くからある店だ。先代の主人はもういない。

コロナ患者も減ったせいか店はごった返している。カウンター席では、マスクを外した客達が七輪の火でシロコロやらカシラを焼いて食べている。店の奥にあるテーブル席に私達二人は案内された。ビニールシートで囲まれたビールケースが脇に積まれた安っぽい空間には、ホームセンターで一万円くらいで売っている安テーブルが置かれている。テーブルを挟んで二人が座ると、赤くなった炭の入った使い古された七輪が運ばれてきた。私はホッピー、雪菜はハイボール、そしてシロとタン塩を二つずつ頼んだ。

この店の焼酎のホッピー割は最初からジョッキで出てくるので面倒がない。半分くらい一気に飲んで、「開業はうまくいってるのか」と訪ねると、雪菜は「あの辺は医者がすくないからね……」と答え、タンを食べ、ハイボールを飲む。私はシロを口にしてホッピーを飲む。

「前の院長の田辺先生は地域医療の専門だったな。学生時代に講義を受けたことがあるよ。聴診器こそ命って先生だったな」

酔い始めている雪菜の瞳が輝いた。

「ちょっと待って、いいもの見せてあげる」

ＰＲＡＤＡと刻印のあるピンク色のバッグから古い聴診器を出した。

「お前、聴診器を持ち歩いてるのかよ」

「聴診器でしょ、携帯血圧計でしょ、酸素濃度計でしょ、メスに縫合セット、そして絆創膏に包帯」と、汚れた七輪がおいてある油が飛んでるテーブルの上に医療器具を置き始める。

「プラダの往診鞄かよ、わかった、わかった。早くしまえ」

——そもそもブランドバッグをホルモン焼き屋にもってくるなよ。

「田辺先生が医者はどこでも医者だって言ってた。いつなんどき誰が倒れるかわからない、あ、お兄さん！　フリージングハイボールください！」

　雪菜は三杯目を美味そうに飲む。

「ねえ、お父さんの病院に平岡という医者いない？　同級生なの」

「いろんな奴がいるからわからんよ」

――本題の登場か。

　私の心には暗澹たる気持ちが立ち上がってきた。残りのホッピーを一気に飲みほし
「ホッピーのお代わり！　シロコロ大盛りを塩でください！」と、嫌な話題を打ち消すかのごとく大きな声で店員に頼んだ。

「サーフィンやっている背の高いイケメンよ」と雪菜は言った。

「お前は、あんな男とつきあってるのか！」

「待って！　違うの、彼の父親が私の患者なのよ」

「ウィンナーください！」と追加注文を頼んだ娘は話を続ける。七輪から煙と炎があがってきたのでホッピーの氷を手で摑んでアミの上に置く。

「平岡先生は田辺先生と懇意にしていた医者なの。内科の看板出していたけど、本業は精神科だったみたい。奥さんが亡くなった後に息子と喧嘩して一人暮らし。半年前に肺がんがわかって全身転移なのよ。息子は五年間一度も帰ってこない。三ヶ月前まで患者を診てたけど、もう無理で私が代わりに代行診療してる」

「お前が精神科のことばかりＬＩＮＥで質問するのは、そのためか」

「高齢者ばかりになっている地域には認知症やうつ病がかなりいるの。平岡先生に私が毎日往診して訪問看護も入れている。三日前に先生の家に北相大の同窓会誌が郵送されてきてたの。話をきいたら息子は先輩の平岡秋俊《あきとし》先生じゃない。勤務先を調べたらお父さんのところ。すぐに連絡したのよ。平岡先生、いつ逝くかわからない」

「今日のカンファレンスに来てたのが息子だったか。あんな奴にへき地の精神医療が務まるとは思わん」

程良く焼けているシロコロを私は口にすると、香ばしい匂いが広がって、不快な気分を和らげてくれた。

「雪菜、いい考えがあるぞ。老いぼれ精神科医に言ってあげろよ。私の知り合いに、とても良い先生がいて、名前は高村幸介といって東和大の元准教授、新宿で開業経験もある格好いい先生だってな。オレの方が儲かるぞ、お前もいいだろ」

雪菜の表情が激しい怒りに変わった。ハイボールを一気に飲み干すと「話しにならないので帰る。アホ親父！」

「冗談だよ！　ちょっと待てよ」と雪菜の腕を摑むと、ふりはらう彼女の力で私は丸椅子からころげ落ちた。隣のテーブルの若い女性が「キャー」と声をあげた。左肘が何かにあたり、少し出血している。

「あ、ごめん」と医者に戻った雪菜は私の左腕も持ち上げ傷を診て「よかった、切れてない。擦過傷だわ」と言ってバッグから取り出した絆創膏を肘に貼る。頭が冷えた二人は椅子に座りなおした。

「真面目に話そう。で、オレはどうしたらいい」

「平岡先輩に父親に会うように言ってほしい。精神科医やってるんだったら彼の心の中に父親がいるのだと思う」


私は田園調布駅に来ていた。

雪菜が紹介した平岡和彦《かずひこ》という精神科医について、もっと知りたかったからだ。ネット情報には内科・心療内科とだけしか書かれていなかった。神奈川の山奥の村で開業する精神科医、そして息子に関心が向いた。

退任して十五年になる東和大医学部名誉教授の岩野《いわの》先生の家は三階建ての邸宅で、何度か訪ねたことがある。パイプを加えた先生は高級ソファがある応接室に私を案内した。

「高村、ビールでも飲むか」と問われたので「ぜひ、いただきます」と私は言った。二人が会えば必ず酒が入る。岩野教授は「最近、読み返した名著があるから教えておくよ」そう言うと、二階の書斎から『パーソナリティ障害の真実』という古書を持ってきた。

「先生、その本はもう売ってなくてプレミアがついて。一冊三万円ですよ」

「これは同期の勅使河原が書いた名著だ。最近は昔の本ばかり読んでるんだよ。今の連中の本など読むに値しない」

「勅使河原先生はパーソナリティ障害の治療に貢献した人ですよね。有名な歌手を精神分析していたと聞いてます。突然、表舞台から消えたんですよね。反精神医学のレインみたいな風貌で、鋭い眼光の写真が一枚だけ残っていて、僕らは伝説の精神科医と呼んでます」

「彼は卒後二年で米国に渡りケンネル博士に師事し二十代でパーソナリティ障害の論文十本書いた。担当していたのは演歌歌手藤本《ふじもと》ミミだ。最初は山田《やまだ》教授が主治医だったが、彼女に散々ふりまわされ、手に負えなくなった状態で勅使河原に押しつけたんだよ。ケンネル博士一門は、常に患者が電話連絡できるような体制を推奨していた。愛着対象がいつも近くにいるという実感が大切で、繋がっている方が患者が安定するという理念だ。彼の治療もケンネル博士並みだったよ。「死にたい、消えたい」そういう話に毎日のように付き合っていたんだよ。ところが藤本ミミは妊娠した」

「伝説の精神科医、子どもつくっちゃったんですか」

「違う！　相手は当時の大臣だ。名前は言えない。山田教授は勅使河原を呼び、藤本ミミに堕ろさせろと指示した。学長を通じた大臣関係者からの命令だったんだ。その三ヶ月後に彼は突然医局を辞めた。その後の消息はわからない。その後は渡米したんだ」

――本題を話さないといけない。

「勅使河原先生の話はまた聞かせてください。ところで平岡先生も先生と同門でしたよね」

「お前は鈍いな。伝説の精神科医が平岡なんだよ。電話で平岡和彦という名前を聞いた時にピンと来た。そして半世紀忘れていた思い出が蘇った。藤本ミミの本名は平岡明子《あきこ》だ。

勅使河原和彦が藤本ミミと入籍したのを知っているのはオレだけだよ。

患者と付き合うのは精神科医にとっては絶対的タブーだ。本来なら患者を切ればよいのに、しかし彼は切れなかった。その事情もわかる。彼が今で言う非嫡出子だったからな。勅使河原は名前を変え過去との関係を全て絶った。

生きていたんだな。お前の娘の近くにいたのか。そして、彼の子が精神科医になったというのか……」

岩野教授は『パーソナリティ障害の真実』をもう一度手に取り、そして窓の外をずっと見ていた。

岩野教授を訪ねた三日後の朝、雪菜からＬＩＮＥが入った。

「昨日。平岡先生を往診したんだけどね、かなり進行してきてる。食欲もないし、点滴もやってる。淋しいと思うよ。息子に会いたいと思うよ」

私は矢部に事情を説明し、私の部屋に息子の平岡秋俊を呼び、二人で説得にあたることにした。秋俊がノックして入ってきた。憮然としていたが、マスクの上の瞳には不安と悲しみが混ざっていた。

「なんでしょうか。雪菜さんからも何度かＬＩＮＥもらってますが困ります。個人的なことに口を挟まないように先生からも言ってください」

「娘は主治医として患者の最後に会ってくれと言ってるだけだ。君と父親の間に何があったか知らない。しかし、もう長くはないらしい。会ってやれよ」

「必要ありません」

「院長命令だ。平岡和彦という高齢者の往診依頼がゆきな診療所の高村雪菜先生から来ている、午後の時間全部やるから往診してこい！」と矢部が言った。

「わかりましたよ、午後分の給料出してくださいよね」

「あとは高村先生にお任せします」と言って矢部は部屋を出て行った。

「オレの車に乗っていけ。さ、早く行こう」


廊下から職員出口への階段を下りたところで私は看護師とぶつかった。美桜里である。彼女の手から落ちた本は『パーソナリティ障害の真実』であった。「こんな古い本を読んでるんだ」と言って本を拾って美桜里に渡す。美桜里は大きな瞳をキラキラさせながら「本当のことが沢山書いてある凄い本なのよ」と言った。

「後でゆっくり話そうな。急いでいるから」

「うん」

私は秋俊を見て「彼女が持っていた本を書いたのは、お前の親父だよ」と言うと彼は黙って頷いた。

平塚から厚木に向かう車の中で秋俊は何も言わずに隣に座っている。私は独り言のように自分のことを話し始めた。

「長いこと精神科医をやってきたが、いつかは自分の出自に向き合わないといけないんだ。オレの母親は小学生の時に死んだ。うつ病で自殺だったよ。何もわからない頃だ。嫌な思い出を長い間、遠ざけていた。記憶に絡みつくような感情がオレをひっぱり苦しめたんだ。時々、話せそうな奴に自分のことを話したくなるんだよ。

雪菜から聞いたよ、母親が亡くなった後、父親が家族写真を一つ残らず駐車場で燃やしたんだろ。そしてお前と平岡先生が大げんかになった。父親は妻の喪失に耐えられなかったんだ。今は後悔していて何かに取り憑かれたように家で、どこかに一枚でもないか写真を探しているらしい」

秋俊は目を閉じて口を固く結んでいる。膝の上の拳は震えている。

国道四一二から飯山に入り、ゆきな診療所で娘と合流し一緒に平岡和彦の家にいくことになっていた。診療所は先代の田辺医院の古い建物と植木を残していて、妻と三人で来た三十年前と変わらない。懐かしい昭和の風情が今でも残っている。門の前に黒い大きな往診鞄を持った白衣姿の雪菜が立っていた。

「平岡君、ひさしぶり」と雪菜が声をかけたが、秋俊は頭を下げただけで何も答えない。

「今日はプラダの往診鞄じゃないんだな」

「そんなことといいの！　早く行きましょう、街道を北にまっすぐ行って」

雪菜の言われるままにクネクネと県道六〇号を車を走らせる。山が深くなってくると小鮎川の脇に山小屋風の診療所が立っていた。古いワゴン車が一台だけ止まっている駐車場に車を入れて三人は降りた。

黙ったままの秋俊は、診療所の脇にある古い錆びた自転車を見つめていた。雪菜が何かを察した。

「平岡君、こんな遠くから高校まで自転車で通ってたんだ」

「今日は、ありがとうございます」始めて秋俊が口を開いた。

「ここで三人で暮らしてたんだね」と雪菜が言った。

診療所の後ろには山が迫っていて駐車場の横には小さな川が流れている。三人は、こんな場所でいったいどんな生活をしていたのだろうか。元有名歌手で境界性パーソナリティ障害とすれば生活が大変だった時期もあるはずだ。

私たちは裏玄関に回った。玄関のドアは開いていて雪菜が先に入った。

「平岡せんせい、ゆきな診療所です。息子さんを連れてきました」

「……」

「せんせー、来ましたよ」

「……」

「お父さん、どうしよう、返事がない」

不安な顔を私に向けた。その時、秋俊が奥の部屋に向かって走った。私たち二人も彼につづいた。

「父さん、大丈夫か」と秋俊の声が聞こえる。私達が部屋に入ると父親は本棚の前に点滴をぶら下げたまま頭を垂れて座り込んでいた。私達が来たことを知ると頭をあげた。長い白髪で頬はこけていた。

「先生！　今日も写真を捜してたんですか、もう辞めてくださいよ」と雪菜が言う。

秋俊と私で彼の脇を抱えて立たせ、書斎の机の椅子に座らせた。

「もういいよ、写真なんかなくてもいいんだよ」

「一枚くらい本の間に挟まっているかもしれない」

「もういいんだ。写真なんかなくてもいいんだよ父さん。俺は写真なんかいらないよ。母さんは心に生きているんだから」

伝説の精神科医が私に視線を向けた。著作に出ていた、読者の心を射貫くような鋭い眼光はもうそこにはなかった。そこにあったのは緩和ケアで何度も出会ってきた死期を待つ老人の瞳だ。

「雪菜さんのお父さんですね」

「お目にかかれて光栄です。先生の本は今でも自分のバイブルです」

「あなたも変わり者だ。あなたのおかげで、三十年ぶりに岩野と電話で話せました。死ぬ前にあいつの声が聞けましたよ。そうだ秋俊、もしかしたら、そこに並んでいるオレが書いた本の中に一枚くらい写真が挟まっているかもしれないぞ、探してくれないか」

「写真のことはいいよ。母さんは心にいる」

その時、私のスマホが鳴った。岩野徹男と名前が表示されている。「失礼します」と私は言って部屋を出た。

「ええ、息子さんも来てます」

「そうです、その道をまっすぐ来てください。じゃあ、私が玄関で待っています」

私は部屋に戻り平岡親子に「岩野先生が来るようです」と告げた。伝説の精神科医の瞳に光が宿った。そして急に部屋が明るくなった。書斎の窓から西日が差し込んできている。光は伝説の精神科医の横顔を照らす。まるで佐伯祐三の自画像の様である。

十分後に岩野教授がやってきた。

書斎までの廊下で「もうマスクはいらないな」と岩野教授はマスクをとってポケットに突っ込む。

部屋では秋俊に支えられ点滴をぶら下げて立って待っていた。

「和彦、元気だったか」

「岩野、会えるとは思っていなかった」

二人は握手をして抱擁する。老精神科医二人の目には涙が溢れた。

「お前が生きていて、こんなところで医者をしていたとはな……」

「岩野が東和大に来た時には連絡したかった。あの頃、家内はまだ荒れてた」

「よく隠れたもんだな伝説の精神科医」

書斎机の前の対面ソファに二人は座った。

岩野教授は現役時代に使っていたアタッシュケースをテーブルに上げ、そして開けた。

その仕草に大学時代の懐かしさが蘇る。

「和彦からの手紙が出てきたよ。家族写真も入っていた」

岩野教授は一枚の写真をテーブルの上に置いた。

それはどこかの海岸の写真であった。

カップルと五歳くらいの少年が幸せそうに笑っている。後ろの紺碧の海にはサーフィンをする白人が写っている。


私と雪菜は岩野教授と平岡親子を残して家を出た。

駐車場から見える丹沢の山々の向こうに夕焼けが見えている。

雪菜は夕焼けを見上げる。山からの風が娘の長い髪を揺らしている。

「秋俊がお母さんとお父さんと毎日見ていた景色。私の診療所からも同じ景色が見えるんだよ」

それは雪菜が幼い頃、私と妻と一緒にみていた景色でもあった。

第七章　弁当の日

田んぼの脇にあるコンクリートで作られた用水路を覗くと、緑色の藻に覆われた水面に、汚れた菓子袋と煙草の吸い殻が浮かんでいた。周囲を見回し誰もいないことを確認して地面に座り、黒いランドセルを下ろしアルマイト製の弁当箱を取り出した。蓋を開けひっくり返し、一口も食べてない中身を用水路に捨てた。

殻の混ざった卵焼き、ぐにゃぐにゃと水分の多い飯、五日前に叔母が持ってきた異臭のするマカロニサラダが用水路の藻の上に煙草の吸い殻と一緒に浮かんでいる。弁当の中身は流れもせず、沈みもしないままに、いつまでも、その場所から動かない。空になった弁当箱をランドセルにいれて逃げるように走り出した。目の前ある西上州の山影は涙で見えなくなった。

私の通っていた小学校は金曜日が「弁当の日」になっていた。その日になると母は弁当を作った。最初は他の子と同じような色彩豊かで沢山おかずが入っていたが、精神を病んでから弁当は変わった。

ある日の朝、「ごめんね、コーちゃん、もう、お母さんはお弁当が作れない。これでパンを買って学校にいってね」と百円玉を三つ渡した。

母はその一週間後に死んだ。

妻の沙織が作る弁当は彩り華やかに野菜や魚や五種類くらいのおかずが入っていた。病院の同僚や看護師達は、私の弁当を見る度に「わー、おいしそう」「奥さんはお弁当作りの天才よねえ」と言った。今の勤務先の病院長をしている後輩の矢部は、あの頃、結婚した直後に新妻を家まで連れてきて沙織から弁当作りを習わせていた。

娘の雪菜は中学生三年生の時、自分で弁当を作ると挑戦したが、焼けてないウィンナーや形の崩れた卵焼きが入っている失敗作品を「お父さんにあげる」と何度か私に持たせた。女子高生になると、自分で弁当を作ってくる子が多いと聞いた娘は練習したらしい。五回くらい挑戦したが、弁当作りのセンスがないと悟り「お母さんに任せる」と言って、結局、高校生になっても母親の弁当を持って行った。高校に行くと「凄いね自分で作ったの」と言われる度、悔しい気持ちで「母親は名コックだからね」と言っていたらしい。

娘が大学四年の時、沙織が亡くなると、娘と私に弁当をつくる人はいなくなった。

弁当に纏わる二つの記憶は、湘南海浜病院に勤務してから繰り返し思い出すようになった。

歌舞伎町のメンタルクリニックにいた時は、深夜まで飲み、午後から出勤するような毎日なので弁当とは無縁の生活であった。しかし、今の病院は高台にあるため周囲に外食する場所は一つもない。朝の出勤途中のコンビニで弁当を買うのが私のルーチンになった。

湘南海浜病院の職員食堂は新棟三階にあり、目の前には五階建ての旧棟があるため、窓のブラインドは全て下ろされている。旧棟の患者から食堂が丸見えになるからだ。矢部は「先代病院長のセンスの問題です、ひどい食堂でしょう」とぼやいていたが、確かに、旧棟五階の院長室、副院長室、医局、カンファレンスルームを新棟に移してフロア全部を職員食堂にすれば、スタッフ全員が海を見ながら食事が出来る展望レストランになっていたはずだ。コロナが蔓延する前の食堂には職員用のメニューがあって、ラーメン、カレー、日替わり定食があったらしい。今は、食事を提供する場所にはシャッターが下ろされ『コロナ蔓延のため、厨房はお休みいたします』という紙が貼ってある。医師や看護師が殺風景な食堂で食べるのは理由があった。矢部の方針で、スタッフ同士のコミュニケーション促進のためコロナ前から食事は食堂でとることになっていたからだ。コロナ禍になった食堂の壁には「私語を慎み、席は離れて食べましょう」と書かれた標語が貼ってあったが、狭い食堂内でそれを守っている職員は殆どいなかった。

午前の外来を終えた私は十一時半に食堂に行った。

十二月中旬から大寒波がやってきていて日本海側は記録的な大雪になっている。さすがに湘南の地も暖房なしではいられないが、節電のために食堂の暖房は殆ど効いてない状態で肌寒く感じた。

私は窓際のテーブルに座り、のり弁当と割り箸をコンビニ袋から取り出した。コンビニ弁当には、白身魚のフライにタルタルソースがたっぷりかかり、その両隣には磯辺揚げとコロッケがのっている。

さっさと食べて自室に戻ろうと思っていた時、私の斜め前の席に研修医が座った。

——わざわざ近くにくるなよ。

研修医は「見てください」と言わんばかりに、ブルーのハンカチで包んである愛妻弁当を目の前に広げた。

「高村先生！　妻は二時間かけて弁当つくってくれるんです。まだまだ、お袋の弁当にはかなわないですけどね。先生って毎日、のり弁でしょう。飽きないんですか」と言ってきた。彼は私が東和大にいた時の教え子で、夏の結婚式に出てスピーチしたのは八月だった。新婚で軽躁状態なのだろう。

露骨な弁当自慢や家族の話に、私はムカつき始めた。

「のり弁は昔から弁当の王者なんだよ」と言うと、語調に籠もった怒りを感じとったのか、私に妻がいないことを思い出したのか、研修医は「余計なこと言ってすみません」と黙った。

弁当にくっついてきた小さな醤油袋をちぎり、磯辺揚げにかけて端から食らいつく。その時「タカムラ先生」と後ろから聞き慣れた声がした。

小坂美桜里である。

白衣ではなくハイネックの青いセーターを着ている。研修医に頭を下げ、テーブルを迂回して私の前に座った。

「あれ、今日は休みなの？」

「遅番なのよ。昨日の当直は隔離室の患者が騒いで大変だったわ。でも平岡先生が上手に対応してくれた。平岡先生、変わったわよね」

「そうだな」

平岡の父親の素性や三ヶ月前に亡くなったことを、美桜里には言っていなかったので、話が深入りしないようにと、素っ気ない返事をした。

美桜里の視線が私の弁当に注がれる。

「のり弁って美味しいわよね」

「そうだよな」

「それ、その竹輪がとても美味しいのよ」

——男やもめへの気遣いを知っている女《ひと》だ。

美桜里は脇にバッグを置いて弁当を取り出しマスクを外した。出勤用のマスクはピンクの布マスクだ。彼女は脇においたがバッグから猫のイラストが入った弁当包みを出した。包みを開いて出てきた弁当箱は、小学生が使うような小さなアルミの器で蓋の上のキティちゃんの絵はすっかり褪せていた。

蓋をあけると焼き鮭、半分にした煮卵、そしてプチトマトやブロッコリーが綺麗に並んでいる。

私の視線を感じた美桜里は幼い少女のような表情になり「これ、ずっと昔から使っているの。お母さんの思い出なの」と言った。

「お母さん」という言葉で、自殺に追いやった美桜里の母、百合香への罪悪感が、一瞬で私を辛い過去に引き戻した。私の表情の変化を察したのだろう、美桜里は話題を変えた。

「ねえ、三北病棟にいる山元《やまもと》さん、膵臓がんだったのよ。一人娘、ほら女優のクロフォード渚《なぎさ》、この病院で最後まで母親を看取ってくれと娘から理事長に懇願しているみたい。今、三北ナースは緩和ケアの勉強をしてるわ」

「最近は、メンタルと身体《からだ》の両方が重症な人が増えたよな。茅ヶ崎の山本記念病医院なんか精神科に加えて外科や内科も標榜したらしい。時代のニーズだし、うちも同じような患者が今後も増えると思うよ」

美桜里は焼き鮭に箸をつけながら話を続ける。

「娘さん、毎週一回見舞いにくるの。自分で作ったお弁当を母親に食べさせたいんだって。入院させて放ったらかしにする家族が多いのに、母親思いだと思うなあ」

十二時を過ぎると食堂に人が増えてきた。

白衣を着た二人の看護師が美桜里の隣に座った。一人はメタボのように太っていて、もう一人は拒食症のように痩せている。メタボ看護師は二段の弁当をテーブルの上に置いてマスクを外した。膨らんだ頬と大きな口が現れた。

「先生、毎日コンビ弁当じゃ駄目ですよ。それって揚げ物ばかりでしょ。栄養バランス悪いですよ」

――メタボに言われたくねえよ。

「今日の夜は銀座のイタリアンレストランでタリアータを食べて赤ワイン飲むから、栄養ばっちりだよ」と嫌みたっぷりの嘘の返事をした。

拒食症看護師がコンビニ袋をテーブルの上に置いた。袋からプロテイン入りヨーグルトとおにぎり一つを取り出す。マスクを取ると高い鼻と薄い唇が現れた。

コロナ禍になってから他人の顔は食事の時くらいしか見ることができない。マスクを外した顔を見たことのないスタッフは九割いる。

拒食症看護師は、鮭と印刷されたおにぎりフィルムを、慣れた手つきで上手にとりながら「小坂さん、山元さんのところに市民病院の先生が週二回も往診してくれるらしいの。特別待遇よね、クロフォード渚の美貌に理事長が負けたのよ」と美桜里に向かって話す。

「でもさ、山元さんって娘に似てないわよね。離婚したお父さん似じゃないかな」とメタボ看護師が口を挟む。

「芸能人だから、いろいろ顔を変えてるんじゃないの」と拒食症看護師が答える。

「そんなことないわよ、娘に似てるわよ。山元さんは高齢の上に無為自閉で表情ないけど、よく見ると美形よ」と美桜里は娘を弁護した。

看護師同士の会話が盛り上がってきたところで、「じゃあ、お先に失礼」と言って私は席を立った。

空になったプラスチックの弁当箱と割り箸をコンビニの袋にいれ、ゴミ箱に捨て、自室に戻った。

──平岡先生が変わったか。

確かに平岡秋俊の態度は変化した。時々、私の部屋に来て治療法について質問してくるようにもなった。薬物療法だけでは治療はうまくいかないことを知り、都内の精神療法講習会に通い出したようだ。

書棚から彼の父親が書いた『パーソナリティ障害の真実』を取り出した。精神科医の平岡秋俊の父親である平岡和彦の以前の名前は、勅使河原和彦である。秋俊を妊娠していた母親の平岡明子と結婚し、平岡に苗字を変え、丹沢の山奥で藤本ミミという名で売れていた女性とその連れ子と一緒に生涯を送り、地域精神医療に貢献したが三ヶ月前に亡くなった。

パラパラと本をめくるとJ・F・マスターソンからの引用文のところには赤線がびっしりと引いてある。研修医時代の私が感動した場所だ。

境界例という、見捨てられ抑うつや慢性の空虚感を中心的感情として持ち、自傷を繰り返し、操作性があり、対人関係が不安定となるパーソナリティについての記述である。

精神医学における六人の黙示録の旗手──抑うつ、怒り、恐れ、罪責感、孤立無援感、そして空しさと空虚感――は、感情的影響力と破壊性という点で、もともとの四人の旗手――飢餓、戦争、洪水、疫病――のもたらす社会的混乱と破壊性に匹敵している。

勅使河原はマスターソンの一文を引用し、更に記述する。

飢餓、戦争、洪水、疫病に苛まれている人を前にして、感情が動かされない人はない。境界例の感情は私達の心的世界に侵入し感情を喚起させ、精神科医の私生活における思考や情動にまで影響するであろう。その影響は無意識的なものだ。境界例の感情的影響力は精神科医の心を蝕むこともあろう。しかしその心の痛みこそが境界例が抱える心的苦痛だと理解しよう。私達にできることは内省を続け研鑽することだ。内省こそが精神科医として生き残る道なのだ……。

乳飲み子の時に安全感や安心感を与えられなかった境界例は、大人になっても「愛着対象から見捨てられる」という恐怖に怯え、それを防衛しながら生きている。乳飲み子の時の情緒状態に陥りやすい境界例にとって見捨てられることは「死」と同義なのだ。

操作性についてという頁には「百合花」と若い時の書き込みがあった。勅使河原は操作性批判を述べる。境界例の診断基準にある操作性という言葉は誤解を生むので使うべきではない。操作性という言葉は個人が行う意識的行為という意味が包含されている。境界例は意識的に人を操ることなど出来ない。荒れた対人関係になるのは、付き合う相手との無意識的相互作用によるものなのである……。

理論的な偏りの多い他の専門書籍や翻訳書とは違い、勅使河原の著述は臨床経験からくる臨場感に溢れていた。

藤本ミミは、どんなにマスコミで売れて人気が出ても、その心は満たされなかった。内面に迫り本音を聞く精神科医に恋愛感情を持つことは当然だったのであろう。

突風で木々をなぎ倒し海面を持ち上げる激しい破壊性を持つ強烈なハリケーンのような愛情希求は、若き天才精神科医を出世街道から引きずり下ろし、山間に隠遁する生活にまで動かした。しかし、それは彼女だけの責任、いや選択ではない、捨てることが出来ないくらい患者のことを思っていた勅使河原自身の愛情希求もあったのだ。

勅使河原和彦にあの頃の私が重なる。

百合花から毎日にように「愛している」だの「結婚してほしい」だの言われ、「そんなことは出来ない」というと自傷行為や自殺未遂を繰り返した。そして最後には自殺既遂に至ってしまった。あの時、私に妻子がいなかったら、自分は勅使河原和彦と同じ道を歩んだかもしれない。そうしていれば百合花は自殺せずにすんだ。百合花がキャバ嬢をやめたのは美桜里が保育園に行き始めたからである。夜の仕事で娘を一人にしてしまうわけにはいかない。スーパーのレジに勤め、弁当を美桜里に持たせた。その時の弁当箱が今日の美桜里の弁当箱であった。

百合花への感情記憶が思い起こされてしまったせいか、私の気持ちはかなり不安定になった。幸いにもコロナ禍で体調不良時の早退は許容されていたので、私は矢部病院長室に電話をいれた。

「矢部、ちょっと身体が怠いので今日は二時で上がることにするよ」

「そうしてください。必ず抗原検査キットを使って家で検査してください。陽性ならすぐに病院に連絡してください。病院でクラスターが出ると手に負えなくなります。何しろ精神病院は風通しが悪いですから」

職員駐車場に停めてある湘南ナンバーのついたレクサスに乗り国道一二九を北上する。私が借りているマンションは雪菜のマンションがある北口ではなく、反対側の南口から徒歩十分の場所にあった。1LDKの家賃八万の賃貸マンションで、新宿に比べると賃料は半値である。五階の窓からは低層マンションや戸建ての住宅ばかりが見えた。

冷蔵庫から缶ビールを取り出して一気に半分くらい飲みテレビをつけたが、どの番組もロシアのウクライナ侵略ばかりを報道している。残虐なブチャの状況が映し出された時、私はテレビを消した。

無意識から引っ張りだされた喪失に纏わる記憶と感情の塊は、藻に阻まれ流れることも沈むことも出来ず眼前に留まり続ける、あの日の病んだ母の弁当の中身であった。

焦燥、孤独、寂寥……何と言ったらいいのかわからない若い頃に体験していた感情の塊がやってくるような気配だ。かつての私は、この感情の塊に「闇の感情」と名付け、痛飲することで解消していた。やはり、こんな時は「飲む」しかない。

私はキャメル色のタートルネックのセーターと黒のデニムに着替え、妻が生前に買ってくれたバーバリーのダッフルコートを着た。玄関の壁に掛けてある妻と高校生の娘と行ったニューヨークで一緒に撮った写真に向かって「沙織、あんまり飲まないから心配しないでくれ」と言ってマンションを後にした。

浴びるように飲みたい気持ちと、自制的に飲みたい気持ちが交叉する。私は自制的に飲むために、家族と行った店を選んだ。

マンションから十分ほど歩くと相模川の土手がある。その土手を南に向かって更に十分ほど歩くと、三人で毎週のように通ったイタリアンレストランLa Familiaがあるはずだ。あそこに行けば気持ちは、もとに戻る。大学を辞め歌舞伎町に引っ越していたので、店を訪ねるのは八年ぶりだった。あそこに行って小太りでチョビ髭のマスターのイタリア修行の話でも聞けば、きっと気持ちも晴れるに違いない。

二月にしては暖かい日差しの午後の土手から見える河川敷には、私と沙織と雪菜で休みの日に遊んだ公園が見える。そこには今日も多くの家族連れが見えた。

La Familiaには雪菜と同じ歳の息子がいて、八年前に、国家試験合格の祝いで雪菜と二人で行った時には息子も父親と一緒に働いていたから、今でも息子も店をきりもりしているに違いない。厚木という場所にしては、格調ある雰囲気で味の良い店は、昔と同様に今日も混んでいるだろう。予約してなくても、一人くらいなら馴染みのマスターがカウンターに席を作ってくれる。

――そうそう、あの道を曲がったところだ。今日は、沙織が好きだったシーフードパスタを食べるぞ。ワインは一緒に飲んだバローロに決まりだ。

逸る気持ちで私は早足で道角を曲がった。

「えっ」と思わず声が出た。

イタリアの国旗の色に名前の入ったアイアン看板がない。もしやと思い、走って店の前まで行くと、家族の思い出の場所は、そこには、もう無かった。洒落ていたドアはすっかり色あせ、シャッターには赤錆がついていた。

――この店も死んでしまった。

スマホで確認してからくれば良かったと後悔する。そうすれば、朽ち果てた店まで来ることはなかった。こんなに変わった店を目にすることもなかった。消えかけていた「闇の感情」が、再び心の淵に立ち上がり始める。

――マスターと息子は、こんな場所じゃ満足出来ず、都内か横浜で羽振りよくやっているに違いない。しょうがねえ。駅前で酎ハイでも飲んで、家に帰ってスコッチを浴びるほど飲みゃあいい。

痛飲に向かって歩きだそうとしていた時、帽子にマスクで眼鏡をかけた青年の乗った自転車が、私の横で急ブレーキをかけて止まった。

――危ないじゃねえか。

「高村先生ですよね」

「そうだけど」

「やっぱりそうだ。そのダッフルコートで、先生かなと思いました」

「君は、誰だったっけな」

青年は帽子とマスクを外して顔を見せた。そこには懐かしい顔があった。大人になったマスターの息子だ。

「雪菜さんと保育園が一緒だった増山浩二《ますやまこうじ》です」

「マスターはどうしてる」

「父は五年前に亡くなりました。心筋梗塞でした。店は辞めました。わざわざ来てくれたんですね。連絡もしないですみませんでした。そういえば、雪菜さんはお元気ですか」

「飯山で開業してるよ」

「へー！　医大に行ったのは知ってたけど、厚木にいるんですね」

「馴染みの店が消えるというのは淋しいもんだよ」

「すみません。自分じゃ父のような味が出せなかったんです。でも、先月、この店、やっと買い手がついたんですよ、日本人と結婚したイタリア人シェフで、親父の作ったキッチンや内装を見て、これなら本場の味が出せると喜んでくれました。親父も喜んでいると思います」

思い直したように明るい表情になった浩二は、自転車の前カゴに入っているバッグから何かを取り出した。

「自分も店やるんです。こういう時代でしょ。テイクアウトや持ち帰りが流行るんですよ。これチラシなんで、うちにも来てください」

弁当屋のチラシであった。

「一月十五日にオープン、新しいスタイルの弁当屋、〝コーちゃん弁当〟朝からやります！」

と書いてある。

「自分、母親がいなかったでしょ。保育園に持って行く弁当、実は先生の奥さんが作ってくれてたんです。先生は知りませんよね。父は夜が遅くて寝ているので、奥さん一つも二つも一緒だからと言って自分の弁当作って保育園に連れて行ってくれたんです。奥さんの弁当が忘れられなくて、自分、ついに弁当屋になっちゃいました。母親みたいに優しい人だったなあ。奥さんに会いたいなあ。元気にしていますか？」

雪菜が保育園に行っていた時、浩二の親子と私の家族は同じマンションに住んでいた。当時の私は朝六時に大学病院に行き博士論文に専心していたので、あの時代だけは弁当を持たずに一足先に家を出ていたのである。当時の弁当や保育園の送迎については全く知らなかった。そういえば、幸介と浩二、二人ともコーちゃんだ！　と沙織は笑っていた。

「妻は十五年前に亡くなったんだよ。最後に来た時に言えば良かった。あの時に君に伝えなくて悪かったよ。保育園の弁当のことは初めて聞いた。きっと妻も最後に君に会いたかったろう……」

「マジッすか、亡くなったんですか」と言ったまま、浩二の口から次の言葉は出なかった。明るかった青年の顔に哀しみが拡がっていく。今にも泣き出しそうな少年のような顔になっていく。

「忙しいんで、自分、帰ります」

浩二は自転車にまたがり、その場から去って行った。

私はチラシの裏を見た。

メニューの一番上には「コーちゃんのり弁当」の写真が出ている。コンビニの弁当と違うのは赤ウィンナーが二つ入っているところだ。

忘れていた記憶が蘇る。そういえば、母が作る弁当にも、妻が作る弁当にも赤ウィンナーが必ず入っていた。

相模川の土手を歩いていると、私の気分はずいぶんと晴れやかになった。

今日という日は、まったくもって「弁当の日」であった。

了

著者プロフィール

藤村 邦（ふじむら くに）

経験30年の精神科医。

群馬県出身、神奈川県在住。

横浜文学学校所属、ヨコハマ文芸会員。

本書は「横浜文芸」掲載の短編連作を書籍化したものである。

宮原昭夫プロデュースのリレー小説「箸箱」にも参加。

既刊『星の息子　サバイバー・ギルト』（2009年　文芸社）

『Afterglow　―最後の輝き―』（2012年　文芸社　2013年群馬県文学賞を受賞）

バッカスの導き

2023年10月15日　初版第1刷発行

著　者　藤村 邦
発行者　瓜谷 綱延
発行所　株式会社文芸社
〒160-0022　東京都新宿区新宿1－10－1
電話　03-5369-3060（代表）
03-5369-2299（販売）

印　刷　株式会社文芸社
製本所　株式会社MOTOMURA

ISBN978-4-286-24512-6